新潮文庫

犬も食わない

尾崎世界観
千早茜　著

新潮社版

11706

犬も食わない　目次

本文写真　尾崎世界観
カバー装画　『魚喃キリコ 未収録作品集』［上］
中扉　『Strawberry shortcakes』
魚喃キリコ©東京ニュース通信社

犬も食わない

第一回

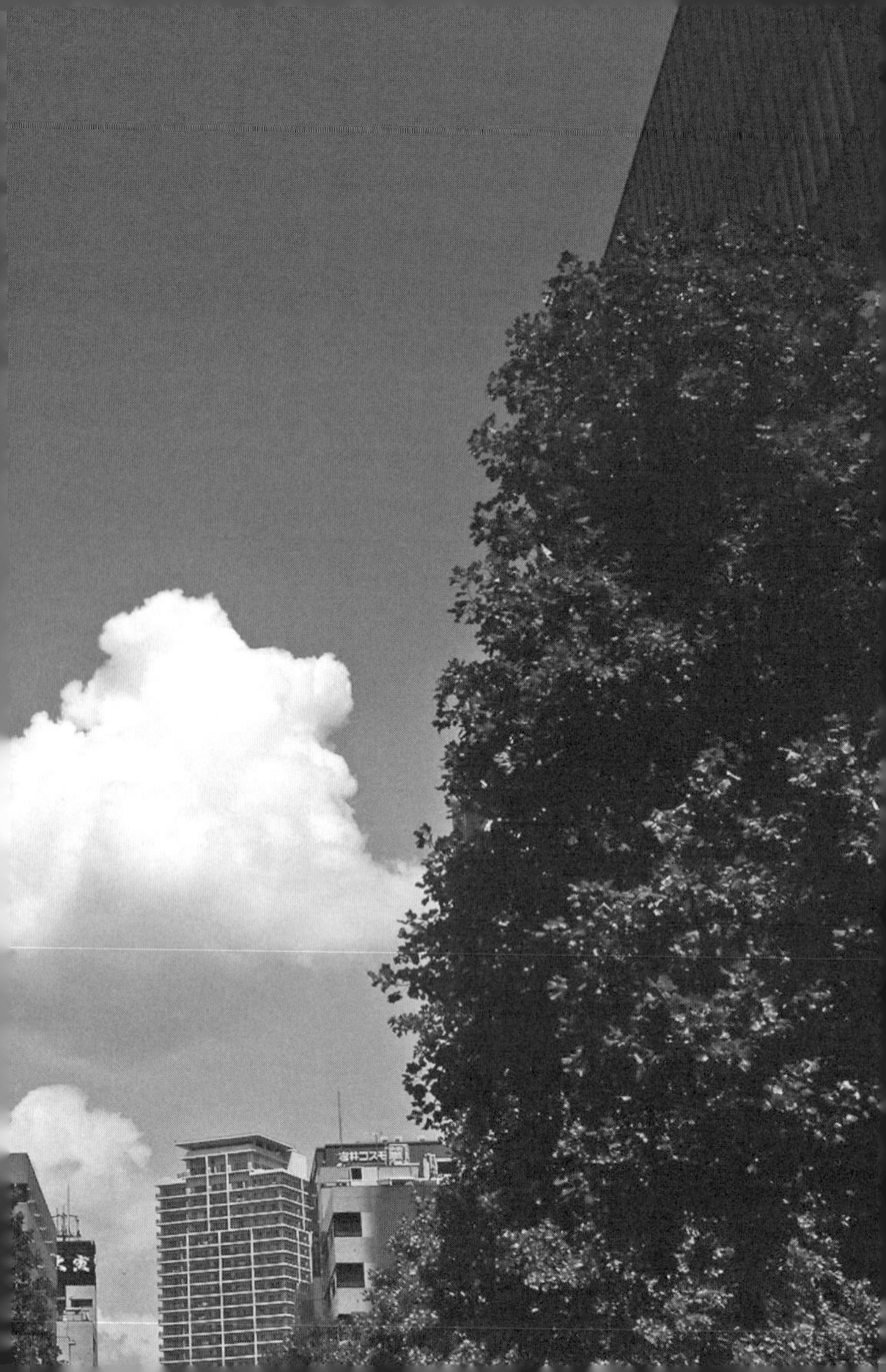
コスモ

ヨガスタジオ

いちごミルク

千早茜

暑くも寒くもない室内。空調機が整えた空気はプラスチックめいた匂《にお》いがする。コンビニのサンドイッチを野菜ジュースで流し込む。温度のない昼食を手早く済ませ、化粧直しを終えて席に着く。備品のチェックは昼休憩に入る前にした。

休憩時間はあと二十分。

膝《ひざ》を揃《そろ》えて、姿勢を正す。いつ電話が鳴っても、誰かが突然やってきても、なにを言いつけられても、対処できるようになっている。備えあれば憂《うれ》いなし。今日は朝から完璧《かんぺき》に業務をこなしている。

けれど、ああもう最悪、と頭を抱えたくなる瞬間はたいがい唐突に訪れる。

そして、そのときは確かに最悪に違いなかったとしても、ほんとうに嫌なことは後からじわじわとやってくる。憂いなんていう、どことなく平安貴族的なまぬるい響きのものでは済まない。

例えば、酒臭い終電でアパートに帰る道すがら、肌に悪いと思いつつもお腹《なか》が減ってどうしようもなくなってコンビニ弁当を買い、部屋の電子レンジから取りだした途端に手をすべらせ、床にぶちまけてしまったこととか。

ああもう最悪、と散らばった米や惣菜《そうざい》を眺めて立ち尽くす瞬間、最悪には違いないのだけれど妙な解放感に包まれる。疲労も空腹も眠気も一気に吹っ飛び、最悪という状況に頭も体も支配される。視界が急に鮮やかになり、ひしゃげたアルミホイルカップや濡《ぬ》れたバラン、蛍光色の漬物なんかがグロテスクにきらきらと輝く。ある頂点を極めるという点においては最悪も最高も変わらないのかもしれない、と恍惚《こうこつ》とした頭で思う。

けれど、次の瞬間には片付けという現実が戻ってくる。ぐちゃぐちゃになった食べ物をもっとぐちゃぐちゃにしながらかき集め、床にべったりとこびりついた油を拭《ふ》く。深夜に、ぐうぐう鳴るお腹を抱えて床に這《は》いつくばる虚《むな》しさといったらない。投げやりになって掃除機で米粒を吸い、発泡酒で空腹を紛らわして、化粧も落とさずにふて寝した翌朝に待っているのは、むくんだ顔と砂漠のような肌で、当時の雇い主に嫌味を言われた。玄関のほうまで転がってしまったせいで見落とした梅干しはお気に入りのラグに赤い染《し》みを残したし、米粒は掃除機の中で腐って今も排気がカビ臭い。

もっと嫌なことをあげるなら、連絡せずに帰ったら彼氏と知らない女がベッドで寝ていたこととか。あのときは、ああもう最悪、と思いながらも、こんな安っぽいドラマみたいなことってほんとうにあるんだ、と妙に感心していた。それから、そっかこいつなんにもしていないから昼間は時間あるもんな、とか、家にだらだらいるだけのくせに帰るときは連絡してって言ってたのはこういう理由からだったんだな、とかいろいろ合点がいった。

その間に、見知らぬ女は髪を手ぐしで整えながらそそくさとベッドからでた。硬直したままの彼氏よりはずいぶん判断力と瞬発力があるな、とあたしは他人事《ひとごと》のように思った。女はご丁寧にもあたしのTシャツを着ていて、下はなにも穿《は》いていなかった。パンツを探しているようだったが見つからず、Tシャツの上からワンピースを被《かぶ》ると、ブラジャーとカーディガンを摑《つか》んでノーパンのまま部屋を走りでていった。

そんなことばかりを詳細に覚えている。もう三年も前のことなのに。大学の頃から付き合っていたそいつの苗字《みょうじ》もすぐには思いだせないのに、あの女の安っぽいワンピースの花柄は覚えている。

彼氏の名前は学《まなぶ》だった。怒りは後からやってきて、女がいなくなった後、あたしは明け方近くまで学を罵《ののし》った。どれだけ罵っても罵り足りないように思えて、だんだん感情の行き場がなくなり、なぜかセックスをした。押し倒し、またがると、学も応じてきた。なんとなく、しなくては収まりがつかないような気分になったのかもしれない。腹立ちと虚しさと欲望だけの、愛なんてどこにもないセックスだった。でも、あの最悪な状況下でしたセックスが一番気持ちよかった。学と付き合った五年という長い時間の中で、数えきれないくらいしたセックスの中で、一番。あれは完全に間違えた。最低な行為だった。吐き気がするくらい自分が汚い女に思えたし、よりを戻せると思い込んだ学と別れるのも大変だった。後片付けというものは物理的なものであれ、精神的なものであれ、体力と時間と精神力を否応《いやおう》なく奪っていく。

女のパンツはセックスした後に、ぐちゃぐちゃになった毛布の中から見つかった。淡いピンク色のパンツだった。薄くてひらひらした、パンティーって感じのパンツ。仕事用の服にひびかないようにレースやリボンのないものを選び、ベージュか黒しか穿かないあたしとは違うパンツ。あのパンツ、どうしただろう。まだ学が持っているのかな。そういえば、あたしのTシャツも返してもらっていない。

学のことなんかもうどうでもいいのに、あのときのセックスの罪悪感だけは残っている。自分は馬鹿《ばか》な女なのだと、刻印のように体に焼きつけられた。

嫌なことは後から必ずやってくる。じわじわと身を蝕《むしば》むようなことが。ひりつく生々しい感情が。その予感はあたしを落ち着かなくさせる。

だから、最悪なことがあると、あたしはこうして過去の最悪なことをひとつひとつ思いだしてみる。馬鹿なことをしでかさないように。きちんと根気よく後片付けができるように。あたしはたいがい投げやりになって、間違えたことをしてしまうから。

休憩時間はあと十五分。

常務の佐伯《さえき》さんはいつもぴったりの時間に戻ってくる。彼の秘書であるあたしが彼よりも長く休憩を取るわけにはいかない。役員の個室ばかりがあるフロアはしんと静まり返っていて、誰かがやってくる気配もない。個室とはいっても、社長室と会長室以外の部屋は廊下に面した壁が総ガラス張りになっているので、中が丸見えだ。ブラインドを下ろすこともできるけれど、隙間《すきま》から見えないこともないので気が抜けない。

秘書という仕事は気を抜かないことで給金をもらっているようなところがあると思う。誰も見ていなくても座るときは膝を揃え、姿勢は正しく、身なりには気を遣い、口調は一定のトーンを保つ。そして、常に上司のスケジュールや状態を把握しておく。看護師をやっている友人の奈津子《なつこ》は「ナースはドクターのママじゃない！」とよく愚痴るけれど、秘書は完全にママだと思う。仕事面のサポートだけでなく、健康管理もして、休日の予定や家族の記念日まで把握しなくてはいけないこともある。ひどいときには愛人と逢《あ》うためのアリバイ作りまでさせられる、性愛管理までするママだ。気持ちが悪い。でも、ママ顔はしない。命じられたら一切の個人的感情は消して肯定も否定もせずに対応する。セクシャルハラスメントを受けることもあるので、必ず一線はひいておく。そういう意味でも気は抜けない。

ただ、佐伯さんはとても信頼できる雇い主だと思う。今のところはプライベートな用事を頼んできたことはないし、無茶を言ったり気分で接してきたりすることもない。スーツの似合う広い肩幅と厚い胸板を持った、穏やかな五十代半ばの男性だ。気になるのは、髪の毛が少々不自然に黒いことくらい。威厳はあるけれど威圧的ではなく、自分のことも常務という肩書きではなく苗字だけで呼ばせる理想的な雇い主。

ひどい雇い主はいっぱいいた。誕生日やクリスマスといったイベントの度にホステスや愛人のためのプレゼントを買いに行かせる奴《やつ》、家族サービスがしたいからと人気のパティスリーに並ばせる奴、英語もろくに話せないくせに自分のことをボスと呼ばせる奴。どんなに傲慢《ごうまん》な奴に当たっても、派遣のあたしは雇い主に嫌われたら終わり。受け口なのが気に入らないと言って解雇されたこともあった。

机の引きだしに忍ばせた鏡をそっと取りだす。何度見ても、あたしは受け口ではないと思う。不快なことがあったり、考え込んだりすると、ちょっと口の端が下がり気味になるだけだ。

「知性は口元に宿るの、口角、口角をあげてね、じゃないと陰気に見えるから」

会長秘書の朝比奈《あさひな》さんの口癖だ。社長ですら頭があがらない五十代のお局《つぼね》秘書。この会社は総務課あがりの秘書がほとんどで、派遣のあたしは秘書の中では一番肩身が狭い。そうですね、と頷《うなず》きつつ、陰気かどうかは知性とは関係ないんじゃないかと思ったが、朝比奈さんには逆らえない。それに、確かに口角は意識していなければいけない。

鏡に向かって口角をあげる。馬鹿に見えない程度ににこやかな微笑を浮かべる。秘書検定のときに勉強した接遇とマナーの項目を思いだしながら。

どんなに嫌な雇い主に当たろうとも、仕事の場では感情的になったことがない。それは、ささやかなあたしの誇りだった。

「あんたが秘書なんて笑っちゃう」と中学からの付き合いの奈津子は言うけれど、あたしはちゃんとやってきた。女優のように秘書を演じきってきたつもりだ。

それなのに。

昨日ぶつかった男の顔を思いだして、胸の辺りが重くなる。

あの男、口がだらしなく半びらきだった。いつもは煙草《たばこ》でも咥《くわ》えているのかもしれない。朝比奈さんは正しい。しまりのない、知性の感じられない口元だった。でも、ほんのちょっとだけ、雑な色気があった。それをわかっている風でもあった。

苛々《いらいら》してきて、鞄《かばん》に手を突っ込む。指先にかさついた包装紙が触れる。素早く紙をむいて飴《あめ》を口に放り込みながら、反射的にまわりを見る。フロアは静かなままだ。

口のなかで転がして、ざらざらした表面を舌の先端でこすって甘さを探る。飴が歯にぶつかりカラカラと小気味よい音をたてる。すぐに、口内が唾液《だえき》でいっぱいになって、こらえきれなくなり歯をたててしまう。

カシュッという歯ごたえの後はもう止まらなかった。飴はあっという間に噛《か》みくだかれて形をなくし、口のなかから消えた。奥歯の裏にこびりついた飴を舐《な》めながら、次の包み紙へと手を伸ばす。

もう何個目だろう。舌のあちこちが切れて、かすかに血の味がする。甘い。血が甘いのか、飴の甘さなのか、もう舌が痺《しび》れていてよくわからない。

昔から飴を噛みくだく癖があった。母にいつも叱《しか》られていた。そういうものじゃないでしょう、と。ゆっくりじっくり時間をかけて舐めるということが、あたしにはできない。もっともっと甘さが欲しくなって噛みくだいて、あっという間になくしてしまう。

休憩時間はあと十分。

苺《いちご》の模様の包装紙をひろげて飴を眺めてみる。淡いピンク色をした、ころんと丸みをおびた三角形。あの浮気相手の女が置いていったパンツに似ているなあ、と思う。というか、あの女に雰囲気が似てる。ころんとした愛らしい尻《しり》をしていた。

あたしは昔からピンクが似合わなかった。こういう可愛《かわい》いお菓子も似合わなかった。じゃあ、なんでこんな飴を袋で買ったかというと、禁煙中だからだ。煙草を吸う秘書なんて文字通り煙たがられる。わかってはいたのに、しばらく秘書の仕事がなくて、やむなくお酒をだす店で働いたときについ煙草の味をおぼえてしまった。ガムは口に残るので駄目、グミは食感が嫌い。カロリーは気になるけれど、このピンクの苺飴が知ってる飴の中で一番噛みくだきやすい。煙草を吸いたくなると、あたしは滅多に足を踏み入れないお菓子売り場で「いちごミルク」の甘ったるい文字を探す。

でも、いくら食べたって似合わないことには変わりない。多分あたしは煙草のほうがずっと似合う。

だから、笑ったんだろうな。

口のなかは甘いのに、苦々しい気持ちになる。

昨日、あたしは間違った。まず、行先を間違えた。長年、お世話になっている会計事務所が移転したので、佐伯さんとご挨拶《あいさつ》に伺うところだった。

ビジネス街から少し外れた雑居ビルにまだ看板はでていなかった。それどころか、建物の中は薄暗くて、埃《ほこり》っぽい空気が漂っている。おかしいな、と思った。奥からうっすら工事のような機械音も聞こえてくる。ビルの周辺には機材を積んだトラックもあった。

そこで確認すればよかったのに、時間が押していたこともあり、まだ改装中の階があるのでしょうか、などと言いながら歩を進めてしまった。

ビルに入ろうとしたとき、突然、暗い灰色の影で視界が塞《ふさ》がれた。「危ない！」と佐伯さんの声が響いて、腕を引かれた次の瞬間、あたしは地面に尻餅《しりもち》をついていた。

菓子折りの袋を腹に抱えて守ったのは我ながら偉いと思う。でも、秘書のあたしが守らなきゃいけなかったのは雇い主だった。佐伯さんは建物の中からでてきた、なにやら大きな機械を抱えた男と正面からぶつかった。数歩、後退しながらよろめく。大きな音をたてて機械が地面に転がり、小さなパーツがばらばらと散らばる。複合機に見えなくもないが、もっと専門的な機械のようだった。機械を運んでいた男だけがしっかり立っていて、尻餅をついたあたしと外壁によりかかる佐伯さんを見下ろしていた。目深《まぶか》に被ったキャップ、口まわりの無精髭《ぶしょうひげ》。あちこち汚れた作業着から業者の人間だとわかった。髭のせいで三十手前に見えるが、肌の感じはもっと若そうだった。なにより、目にまだ若者の油断が残っていた。

男の目線があたしの後ろの地面に落ちる。ふり返ると、放りだされたあたしの鞄のまわりに飴が散らばっていた。袋の口を開けたままにしていたせいで飛びでてしまったのだろう。場違いで、まぬけな苺柄が灰色のコンクリートに点々と浮いている。

男が口元だけで薄く笑った。いま思えば、笑わなかったかもしれない。でも笑われたような気がして、体に火がついたみたいに熱くなった。なに、こいつ、年下のくせに。

気まずい数秒の沈黙の後、男は「すんません」と軽く頭を下げた。すんません？と声をあげそうになるのをこらえる。反抗期の中学生か。男はふてくされた表情で転がった機械をちらっと見た。なんとか体勢を整えた佐伯さんが「それ、壊れたんじゃないの？」と言うと、「あ、廃棄物なんで」と目も合わさず機械に手をかける。

「二条《にじょう》さん、大丈夫？」と、あたしのほうへ体の向きを変えた佐伯さんのスーツを見てぎょっとした。埃と油が混ざったような黒い汚れが、肩の辺りにべったりとついている。

「佐伯さん、お召し物が」

あたしの狼狽《ろうばい》した声に男がふり返った。かすかに目を細めて佐伯さんを見ると、半びらきの口を億劫《おっくう》そうに動かした。

「あー、すんませんねえ、水じゃ落ちないと思いますんで、すぐクリーニングにだしてください」

作業着の胸ポケットからボールペンを取りだし、どこからかひっぱりだしたしわくちゃの紙になにか書いた。

「費用はこちらに請求してください」

いかにも、お前らがこんなところろうろうろしてるから面倒なことが起きるんだよ、とでも言いたそうな誠意のない態度だった。「いえ、結構です。こちらも悪いので」と佐伯さんが穏やかに言う。

「おーい、どうした」

後ろから声がした。男と同じ作業着姿の、ずんぐりとした体格の男性がトラックの中からこっちを見ている。

「いや、ちょっと」

男が顎《あご》を突きだすようにして返事をするが、トラックの男は身を乗りだしてあたしたちを眺める。腹の辺りの贅肉《ぜいにく》が車の窓枠にもったりと乗る。

「なんだ？　ビルの関係者か？」

「違うみたいです」

「じゃ、なに」

「さあ、ひと気のないところでも探してるんじゃないすか」

「なんだそのやらしい言い方」

下卑た笑い声がした。トラックの男は「おい、それなんだ？　その紙」とか、まだなにか言っている。すうっと指先が冷たくなって、耳ざわりな声が遠のいていった。

なに、なんなの、こいつらの態度。

人間は怒りの限界を超えたら血の気がひくようだ。

気づいたら、男の手から紙を奪い取っていた。

その後は、もう止まらなかった。

自分の醜態を思いだして、片手で目を覆《おお》う。視界を覆っても、記憶は消えない。

ああもう最悪だ。人前であんなキレ方をしたことがない。それも、雇い主の前でなんて最悪だ。途中から佐伯さんが止めてくれたけれど、はじめて会った男をおまえ呼ばわりして罵ってしまった。仕事をしていないときのあたしは口が悪い。相当に悪い。口が悪いことを自覚しているからこそ丁寧な言葉遣いができるのだ。あくまで理性的なときは。

佐伯さんは、今朝もいつもと変わらない態度だった。けれど、そういう大人な対応がかえってつらい。死にたくなるくらい、情けない。

がりがりと飴を噛みくだく。こんなもの、早くなくしてしまいたい。かすかに乳くさい苺味を口のなかで粉々にする。

そういえば、嫌なことの後のご褒美《ほうび》はこの飴だった。

小さい頃、近所の病院に連れていかれると、老先生が診察の後にこの飴をくれた。優しい若先生と違って老先生は無口で、染みだらけの骨ばった指はぞっとするほど冷たくて、喉《のど》や胸をいじくられるのは嫌で仕方なかった。けれど、毎回、苺飴をくれるのだ。「手をだしなさい」と、ぶっきらぼうに言って、てのひらに三個のせてくれた。だからって好きになんてならない、絶対にだまされないぞ、おまえなんか大嫌いだ。そう決意を込めて飴を噛みくだきながら帰った。ぼりぼりと音をたてて食べるあたしを母は嫌そうな顔で見ていた。

ビルを間違えたのが、いけないのだとわかっている。わかっているのに、ひとつ間違えると、あたしはどんどん間違いを大きくしていってしまう。いつも、いつも、そうだ。


休憩時間はあと五分。

早くしないと佐伯さんが戻ってくる。

その前に電話をしなくては。あの男と話している顔を佐伯さんに見られたくない。

奪い取った紙には、名前と連絡先が殴り書きしてあった。あの男の名前を記憶に焼きつけたくなくて、紙は裏返したままキーボードの横に置かれている。しわくちゃの、くしゃみをしたら飛んでしまいそうな紙切れ。なにかの覚え書きなのだろう、裏にはミミズがのたくったような解読不能な文字が躍っている。唯一《ゆいいつ》読めるのが「トン汁」だ。でも、「汁」は線が一本多くて、おまけに「ン」もおかしく「トソ汗」みたいになっている。なんのことかわからず真剣に悩んでしまったが、意味が摑めた瞬間にうんざりした。

馬鹿じゃねえの。

悪態が口をついてでる。「豚」くらい漢字で書けよ。まあ、「汁」すらまともに書けないのだから無理か。

キレたあたしが口汚く罵っている間、男は黙っていた。最初は驚いて声もでないのだろうと思った。けれど、男と目が合って、違う、と気づいた。男は蔑《さげす》むような目をしていた。そう思うと、変に動揺してますます声が大きくなった。ほら、こんなに言われて腹たつでしょう。言い返してこい。馬鹿で言葉がでてこないなら、手だっていい。逆上して暴力なんか振るったら、完全にあたしの勝ちだ。ほら、こい。自分が昂《こう》奮《ふん》しているのか、焦《あせ》っているのかわからなくなってきたとき、佐伯さんがあたしたちの間に入った。

でっぷりした男もトラックから降りようとしていた。

それを横目で見ると、男はあたしから目をそらして佐伯さんに一歩近づいた。

「よく吠《ほ》える犬ですね」

そう言うと、男は申し訳程度に頭を下げた。

なにも言い返せなかった。正しくは、言葉がでてこなくなった。男の言葉に衝撃を受けたわけじゃない。あんな男になにを言われても、あたしは充分に渡り合える。

あたしの言葉を奪ったのは、佐伯さんの顔だった。佐伯さんは否定しなかった。不快な表情すら浮かべなかった。それどころか、佐伯さんは一瞬、男の言葉を沈黙で肯定した。

あたしはその一瞬を見逃さなかった。動揺が佐伯さんの顔を覆っていく。その動揺は男ではなく、あたしに向けられていた。しまった、ばれた。迂闊《うかつ》な男が浮かべるそのまぬけな文字が、いつも穏やかで知性的な顔にありありと浮かんでいた。

なにが、秘書は雇い主のママだ。佐伯さんにとってあたしは犬並みだった。けれど、それは仕方がない。あんなところで感情をぶちまけるという失態をさらしてしまったのだから。

上司が犬と認めた以上、あたしになにが言えるだろう。馬鹿は、あたしだった。男たちは壊れた機械をトラックに積んで去っていった。佐伯さんは取りつくろうように散らばった飴を拾っていた。目を合わせられなかった。

あたしの手にはこのしわくちゃの紙片が残された。汚い文字を見つめる。のたくった字があの男の顔に見える。

ただクリーニングの請求額を伝えるだけなのに、子どもが病院に連れていかれるみたいに怖い。怖くて、苛々して、変な感じにむずむずする。トイレに行くのを我慢するうちに快感に変わっていくのにどこか似ている。

嫌だなあ、嫌だなあ、と思う。思いながら、いままであった嫌なことをまた思い返す。古傷をえぐって新しい傷の痛みを薄れさせるように。

指はせわしなく動いて包装紙をむく。軽い、燃えたら変な臭《にお》いがしそうな素材の、紙ともいえない、やけに可愛い模様の紙はカサカサと虚しい音をたてる。

あたしはまた間違えるのだろうか。

新しく口に放り込んだ飴を噛みくだくと、嘘《うそ》くさい苺が香った。

フライドポテト

尾崎世界観

真っ白な店内は雪の上を歩いているような印象で、いつ来ても落ち着かない。うっすらと引かれたBGMの上を、割れないよう、そろそろと踏みしめて券売機の前にたどり着く。

新商品、おすすめ、定番、揚げ物類、汁物、ドリンク・デザート類が細かく分類され、それぞれ太枠で囲まれて画面に表示されている。そうまでしてくれているこの券売機を前に、やっぱり戸惑ってしまう。導入されたばかりの最新システムに順応できないのは自分だけではないようで、いつだったか気の短いタクシー運転手が店員に怒鳴り散らすのを見た。

頭が真っ白になると共に、ぼんやりと前回の記憶が蘇《よみがえ》ってくる。二台並んだうちの左の券売機の前に立ち、何度か操作を誤りながら、必要な情報に指先で触れた。

自分だけが解読出来る走り書きを券売機と照らし合わせて、またそろそろと床を踏みしめる。客の居ない閑散とした店内でも、レジの前には相変わらず「ただいま10〜15分待ち」の看板が出ている。いつ来ても立てかけてあるこの信憑《しんぴょう》性のない看板に安らぎを覚えてしまうのはなぜだろう。

路上駐車したトラックのドアを開けると、助手席のダッシュボードに足を乗せた他《ほか》弁《べん》が気怠《けだる》そうに目を開けた。さっきまで静かだった車内は、他弁の作業着とできたての弁当を入れたビニールがこすれる音で華やぐ。

「他にないもんなぁ」

ご飯、おかず、豚汁、お茶。ダッシュボードを即席のテーブルにして、他弁はいつもの台詞《せりふ》をつぶやく。それが弁当の種類を指すのか、そもそも弁当という選択肢自体を指すのかはわからないが、弁当を手渡すと彼は決まってそうつぶやいた。この謎《なぞ》のつぶやきが彼のあだ名の由来になっていることに初めて気がついたとき、思わず頬が緩んだのを覚えている。

「桜沢《さくらざわ》、この後ひとりで行けるよねぇ？」

言われる前から覚悟していたけれど、改めて声に出して確かめられると腹が立つ。いつからか昼休憩後の現場へは、昼寝をする他弁を車内に残して行くのが決まりになっていた。

やり場のない怒りが口を歪《ゆが》め、「はい」が「へい」になってしまい、いかにも馬鹿な子分と言った感じだ。こんなはずじゃなかったと、ひょうきんな返事を恥じても今さら遅い。

まるで、あのゲームだ。捕まえた何匹ものモンスターを、敵のモンスターと闘わせるあのゲーム。こんな馬鹿でも、上司という立場を手に入れてしまえば楽に仕事が出来る。自分のモンスターが闘っている間、ダッシュボードに足を乗せて昼寝をしていれば良い。そうして、仕事を私事にすることが出来る。丸い体をさらに丸めた他弁は、目を閉じて気持ちよさそうだ。

目的地のビルに着くと、スムーズに搬入ができそうな場所にトラックを停める。せめて一言ぐらいあってもと身構えていると「煙草ある？　出来れば二本」と言われた。

無視して、極力物音を立てないようドアを開けた瞬間に呼び止められる。振り向くと、うつむいて目を閉じたまま相変わらずダッシュボードに足を乗せた他弁が、物欲しげに口をとがらせて右手をこっちへ差し出している。

胸ポケットからくしゃくしゃになったソフトケースを取り出し、抜き出した二本を他弁の手のひらに乗せてやる。その内の一本が転がって、ぬいぐるみのような手のひらで「ハ」の字を作った。

改修工事中のビルは至る所がビニールシートやベニヤ板で養生《ようじょう》されていて、淀《よど》んだ空気を蛍光灯の青白い光が照らしだす。忙《せわ》しなく上下するエレベーターを捕まえようと各階で待ちかまえる職人達がますますその空気を悪くしている。

いくら強面《こわもて》の職人達でも、ビルで働く社員には逆らえない。ビル工事におけるビルの社員と職人との力関係は、プロ野球におけるホームとビジターのそれに似ている。ようやく開いたドアの先にスーツ姿の社員を見つけて、頭を下げながらエレベーターを見送る強面の職人を眺めるのは、なんだか痛快だった。

昼過ぎのこの時間帯はいつも満腹で、入り口の自動ドアが開くのを待つわずかな時間でも、目を閉じるとウトウトしてしまう。重たい体をドアの向こうにねじ込みながら、エレベーターで二階へあがる。切れかかった蛍光灯は舞台照明のように、何度も瞼《まぶた》の裏で点滅してまた眠気をほじくり返す。

ドアが開いて間もなく、せっかちなペンキ屋が乗り込んできた。呆気《あっけ》にとられているると初老のペンキ屋はもう一階のボタンを押していて、半身になってなんとか外へ抜け出し、舌打ちしながらペンキ屋をふり返る。

パリッとしたスーツ姿の社員とは対照的に、ペンキ屋は上下紺色のウィンドブレーカーを真っ白にして、頭には石膏《せっこう》で固めたようなタオル、顔はアングラ舞踏顔負けの白塗りで、これぞ職人という出《い》で立ちだった。

工事の搬入搬出を考慮してか事務所のドアはすべて取り外されており、緊張する間もなく、奥のテーブルの椅子《いす》に腰を下ろした現場監督と目が合ってしまう。ベニヤ板を踏みしめる度に粉雪のような埃が舞い上がって、たどり着くまで気が重い。

改修工事、事務所移転、ビルの取り壊し、それらの際に出る廃棄物が大事な収入源になる。だからどんな思いをしてでも、会社に廃棄物を持ち帰るのが自分の仕事だ。それでも、各ビルの現場監督から浴びせられる配慮を欠いた言葉は、毎回心に引っかかる。

「考えたらわかるでしょ」

どう考えたって、雑然と積み上げられたそのどれもが、廃棄物に見える。すべて均等に、当たり前に汚れているせいで、いくら考えてもわからない。「考えたらわかるでしょ」をそっくりそのまま返したい。大手ゼネコンの作業着に包まれた丸太のような腕を組んで、現場監督は「起きてる?」と続ける。「もう大体揃ってるから、さっさと持ってっちゃってよ」という指示に戸惑った末、決死の覚悟で投げかけた問いはあっけなく潰《つい》えた。

「だからさ、考えたらわかるでしょ」

もう一度念を押され、力尽きた。途方に暮れながら、あの女のことを思い出している。「考えたらわかるでしょ」が口癖だった昔の女を。考えてもわからなくて、いつの間にか離れていったあの女を。

休みの日に二人でレンタルビデオ屋に行ってＤＶＤを選ぶ。旧作は二本、準新作なら一本、新作は料金の問題じゃなく、すぐ返しに行くのが面倒だから借りないと決めていた。でも、本当は金が無いだけだった。

帰りは駅前のファーストフードチェーンへ寄るのが決まりで、家に着いてお互いがハンバーガーを食べ終えたのを確認すると、どちらからともなく、レンタルビデオ屋の袋に手を伸ばす。借りて来たＤＶＤを再生する為《ため》のスタートボタンは、いつも決まってポテトの油で濡れた。

テレビ画面に視線を固定したまま、冷めたポテトを氷で薄まったコーラで流し込む。最初の内は不慣れだったその動作も、いつの間にか当たり前になっていた。

映画の内容を一秒でも見逃すのが許せない昔の女は、トイレに立つ際には必ず画面を一時停止させた。そんなときは一時停止した画面から視線を外して、今ならゆっくりポテトが食えるのにな、わざわざ焦って食うこともなかったなと、空になったポテトの容器を見つめたりした。

一秒でも見逃すのが許せない昔の女は、当然エンドロールが終わるまでテレビの前から微動だにしない。どんなにつまらない映画でも、まるでそれが自分に与えられた仕事であるかのような表情で、いつまでもじっと画面を見つめた。

映画が終わると、いつも決まってセックスをした。画面左上の〈入力切り替え〉という青白い文字に照らされ、忙しく腰を動かした。その時、昔の女の方はと言うと、一秒でも見逃すのが許せないさっきまでの情熱はどこへやら、とてもつまらなそうに天井を見つめてばかりいた。

青白い光を頼りに、ティッシュで互いの汚れをサッと拭《ぬぐ》う。いつも自分だけが余計に汚れていると感じたのは、昔の女の、あのつまらなそうな目のせいだ。そんな時いつもなんだか居心地が悪くて、体の割に大きなその手を握ってみたり、細く伸びた指を口に含んでみたり、意味の無いことをしてどうにかやり過ごした。

それでも、そんな時間が好きだった。幸せとか、楽しいとか、そんな気持ちにはほど遠いのだけれど。それが必要だった。


廃棄物を引っ張っていると気が紛れる。誰からも必要とされなかった物が金に変わるということに、手の中にズッシリとくる重みに、励まされる。

いつだったか、同じようにして昔の女を引っ張ったことがある。駅の改札、別れ際《ぎわ》の些細《ささい》なひと言が原因だった。煙たそうな顔を向ける通行人をかき分ける。追いついて髪を摑むと、今度はぎょっとした顔で通行人が振り向いた。言葉では間に合わなくてとっさに髪を摑んだのに、それでも昔の女はこっちを振り向かなかった。

またただ、また出来なかった。言葉にできず壊してしまった。そう思ったときにはもう遅い。


最後に残ったのは、手の中にある数本の髪だけだった。ふと鼻を近づけて、もうこのシャンプーの匂いを嗅《か》ぐことも無いのかと思うと無性に悲しくなった。それでも、その後何度かは昔の女に会った。あの匂いを嗅いだ。大丈夫だ、良かった。このまま何となく続いていくんだと、薄ら笑いに似た覚悟を決めた。

それなのに、昔の女は居なくなった。

引きずっていた重たい廃棄物を抱き上げると、これはこれで何だか愛着が湧《わ》く。とてつもなく重大な任務を任されて、それを遂行している気分になる。体の内側から自信が溢《あふ》れ、自然と胸を張った。自動ドアの反応も、来たときとくらべていくらか軽快に感じられるから不思議だ。

気難しそうな表情の男女二人組が、向こうから横断歩道を渡ってくる。顔から下、上半身はいっさい動かさずに、まるで足だけで生きているかのような歩き方だ。頭だけ使って生きているとあんな歩き方になるのだろう。それなのに〈メンテナンス〉と称して通う整体院で体のコリを指摘されると、頑張っている自分を認められたようで嬉《うれ》しくなる。見るからにそんなタイプの人間だ。

特に、女の方。肩にかけた鞄から、スーツの色、髪型、骨壺《こつつぼ》のようにわざとらしく胸で抱えた和菓子の紙袋まで、暴力的な普遍性を感じさせる。

二人組が奇妙な歩き方でどんどん近づいてくる。いかにも「今、何か考えてます」

と言った目と口で。どうやら、二人の視界に自分は入っていないようだ。あのタイプの人間には、きっと作業着を着た人間が見えないのだろう。ならば今それを試してみようと、底意地の悪い感情が膨れた。

両足でコンクリートを踏みしめて、その瞬間を待つ。軽い衝撃の後、女の方が地面に転がる。気難しそうな表情がほどけたのは一瞬で、行き場を無くした目と口はすぐ定位置に戻っていった。数秒後、女が目を剝《む》く。

ほんの少しの罪悪感に押し出されて、言い訳をするように持っていた廃棄物を投げ捨てる。すると、さっきよりも派手な音を立てて部品が飛び散った。ちょうど良い具合に散らばった部品をしばらく目で追いながら、大切な物を失った表情で帳尻を合わせる。

地面には部品だけでなく、昔懐《なつ》かしい飴があちこちに点在していた。投げ出された女物の鞄はだらしなく口を開け、その出所を知らせている。甘ったるいあの味を思いだす。あれは子供が舐める飴だ。そう思うと、笑いが漏れるのを抑えきれない。

女は、信じられないといった表情でまだ辺りを見まわしている。やがて、ぎょっとした表情で素早く立ち上がると甲高い声を出した。

「サエキサン、オメシモノガ」

しばらくしてやっと、「オメシモノ」と「お召し物」が結びついた。その前の「サエキサン」は、おそらく男の名前だろう。そのサエキサンは、がっしりした体を包むスーツの肩口に立派な汚れを付けて、心配そうな顔で女を見ている。女は犬のように目を濡らし、わざとらしく深いため息をついた。いよいよ今後の展開が楽しみになってきた。

「いえ、結構です。こちらも悪いので」

ここまでは予想通りだった。「こちらも」ではなく「こちらが」だろうと思いながら、それは聞き流す。上着の胸ポケットからボールペン、ズボンのポケットから弁当のメモをそれぞれ取り出し、空いているスペースに名前と連絡先を書いて差し出した。こういった人種は、とにかく弁償が大好きだ。

トラックから顔を出した他弁が、二人へ好奇のまなざしを向けている。時折わざとらしく大声で話しかけてきて、それに曖昧《あいまい》な相槌《あいづち》を打っている間も、サエキサンは頑《かたく》なにメモを受け取ろうとしない。他弁はまだ話しかけてくる。「おい、それなんだ？おい、何なんだよ。その紙、何なんだ。気になるよその紙。紙だよな？　紙じゃないのか？　いや、紙だ。紙だよ。だとしたら、一体何の紙だろう。おい、何の紙だか気になるよ」などとうるさい。

頃合いを見て差し出した手を引っ込めた途端、突然サエキサンの背後から飛び出した女が、すごい剣幕でメモをむしり取った。そして怒鳴る。

「バカか。バカかよおまえは。これ見てわかる？　ちゃんと見える？　毎日毎日そんな薄汚い作業着着てたらわからなくなっちゃった？　汚いんだよこれ。これはね、汚れって言うの。勘違いして、一生懸命働いた勲章だとか思ってるのかもしれないけど、一般的には汚れなの。一般的っていうのは、ふつうってことね。わかる？　落とすべき物なの。恥ずべき物なの。だって、おかしいでしょ。スーツにこれが付いてたら。あっスーツって見たことある？　さすがにあるよね。成人式でこれ着て暴れたりしなかった？　あっもしかして羽織袴《はおりはかま》派？　アレ、ほんと寒いわぁ。とにかく着たことはないとしても、さすがに見たことはあるでしょう？　頭使えずに何も考えてないおまえみたいなバカが好き勝手歩くと危ないいんだよ。おまえみたいなバカには歩くことにも免許が必要なくらいだよ。一から講習受けて、ちゃんと知識を身につけてから外に出るべきじゃない？　それに、クリーニングとか、そういう問題じゃないでしょ。まずはぶつかってしまったことに対して誠意を見せられないの？　もちろん、あたしじゃなくてサエキサンにね。あ、いくらバカでもそれはわかるか。それに、すんませんって言ったよね？　せめてそこはすいませんでしょう。それでも間違ってるからね。正しくは、すみませんだから。でもあんたみたいなバカには、さすがにそこまでは求めない。だってバカなんだから。でも、せめて、すいませんでしょう。仮にさっきもしちゃんとすいませんって言ってたとしても、限りなくすんませんに近いあんなすいませんは認められないから。こんなでっかいゴミ持って歩いてるんだから、気を配らないと。何より、自分自身がゴミだってちゃんと自覚しないと。ゴミがゴミ持って歩いてるんだから、それはもう危険な状況なわけ。一般の人たちからしたら怖くて仕方がないわけ。だからちゃんと自覚を持って。お願い」

女は肩で息をしながらこめかみの辺りを両手で押さえた。一体何が起こったのか。呆気に取られているのは自分だけではないようで、サエキサンはさっきよりも心配そうな目で女を見ている。浴びせられた言葉の数々がやっと頭に入ってきて、腹の底で怒りに変わる。

そうか。昔の女は、このことを言っていたのか。確かに、相手の言葉をかみ砕くのにやたらと時間がかかる。自分は本当にバカなのかもしれない。でも、この女だって相当なバカだろう。それはサエキサンの顔を見ていれば一目瞭然《いちもくりょうぜん》だ。そんなことは、バカでもわかる。

犬みたいだ。あの感情のむき出し方は犬そのものだ。そのことを告げると、サエキサンは言葉に詰まってしまった。一切の否定をしない。何か言い返して、上司として部下を守るべきではないのか。女は泣き出しそうな顔でサエキサンを見つめている。その表情も、やっぱり犬みたいだ。自分が放った何気ない一言が、女のすべてを一瞬で壊した。

地面に散らばった飴を見ている。いかにも幼稚な、子供が舐める飴だ。実際に、子供の頃にあれを舐めていた記憶がある。陽の光が白い包み紙に当たって、薄いピンクが透けている。見ているこっちが恥ずかしくなってしまうほど、（笑）の役割を担《にな》って、飴が散っている。

怒りも忘れて、地面に散らばった飴をまだ見ている。女の手にはくしゃくしゃのメモが握られている。さっきまで飴を照らしていた陽の光が、今度はメモを照らして、女の手がくしゃくしゃに輝いている。

第二回

大縄跳び

尾崎世界観

どいつもこいつも、段ボールの切れ端を巻き付けた白い容器を持っている。極限まで削《そ》ぎ落とされたそのシンプルなデザインが、なんだか逆に押しつけがましい。買い物中は、さりげなく手で持ったそれがチケットの役割を果たしていて、ここを自由に歩き回ることを許可しているようだ。

対照的に自分の左手には、吸い殻を入れたコーヒーの缶がある。中に入れば見つかるだろうと思ったゴミ箱はどこにも見当たらず、早歩きするたびに缶の底で吸い殻がごろんと音を立てるから気味が悪い。冷房なのか、暖房なのか、建物全体によくわからない風が吹いていて、缶のフチに溜《た》まった灰はなんだか嬉《うれ》しそうに揺れている。

初めて来た天井の高いこの複合商業施設は、倉庫を改装して作られているからか、まだ作りかけという雰囲気がある。どことなく馴染《なじ》みのある事務所移転の現場と似た空気を感じるのに、まったく馴染めない。

広々とした敷地内で、曖昧《あいまい》に仕切られているのは店だけでなく、店員もだ。どれが店員でどれが客か、全員が店員に見えるし、全員が客に見える。だから、誰に声をかけて良いかがわからない。べつに欲しいものもないのだけれど。

この建物内では、自然体で居るのが良いこととされている。明らかに、誰もが、自然体を意識し過ぎている。そのことがもうどうしようもなく不自然だ。

商品だってそうで、全部が価値のある物に見えるし、全部が価値のない物に見える。不親切にディスプレイされたアルミの何かには、四千九百円という馬鹿《ばか》げた値が付けられている。率直に高いと思うこの気持ちが正しいか正しくないか以前に、この商品が何の為《ため》の物なのかがわからない。どれを手に取っても、常に試されているような冷ややかさを感じる。

中学生の頃、大型のスポーツ用品店で買い物をすると貰《もら》えるビニール袋が流行《はや》った。ひも付きのその袋を肩にかけているのがステータスで、誰かから譲り受けて、それが何を売っている店かも知らずに使っている生徒も多かった。この施設の空気は、そんなことを思い出させる。

ここに居るほとんどの客が、東京というよりは、電車を乗り継いで千葉、埼玉、神奈川辺りから来ているはずだ。客たちからは、ロゴ入りの袋をぶら下げていることに優越感を覚えながら、満員電車で数時間かけてまた地元へと帰って行く田舎臭がする。大事なのは、何を買ったかではなくて、どこで買ったかなのだ。

一階にはカフェ、雑貨、インテリア、靴、カバン。入り口を入って右側には、つるんとした、素材で勝負する系のシンプルなシャツがずらりと並ぶ。それは、自分が今着ている作業着にも通ずる。所々に粉塵《ふんじん》が染みた紺の上下は、十分に素材を活《い》かした天然ものだ。すれ違う人々の視線を受けながら、待ち合わせ時間までの十五分をもてあます。

広々とした緩やかな螺旋《らせん》状の階段を上る。思い出した頃に現れるゆったり設計された段差につまずき、左手の缶の中でまた吸い殻の感触がした。相変わらずゴミ箱は見つからない。こんな時に限って、虹色《にじいろ》に輝くやけにゴージャスな缶のデザインが恥ずかしかった。

「なんで着替えてこなかったの」

背後から聞こえる押し殺した声の先に、福《ふく》が立っている。振り向いたことを一瞬で後悔させるその表情は大したものだ。

「その缶コーヒー何？　恥ずかしくて死にそうだから、とりあえず、これ持ってて。お願いだから」

主に子音だけで構成された刺すような言葉が終わるか終わらないかで、福はむしり取った缶を自分のカバンに入れた。代わりに受け取ったのは、段ボールを巻きつけたあの白い容器だ。作業着を着ている以上、それは当然根本的な解決にはならない。ぬるくなった中身が容器を通じて手のひらにちょうど良くて、振っても底には何もない。

福の先輩が司会を務めるトークショーの会場はこの施設の二階奥、程良く距離を保って並んだ椅子《いす》の先に小上がりのステージがあった。ステージ上で斜めに向かい合った椅子には、程良い厚みの資料が乗せてある。ステージ端には程良い大きさの植木鉢が二つ。その数も、当たり前に程良い。

座席はまだ三分の一も埋まっておらず、時間いっぱいまで買い物をしながら、誰もがタイミングをうかがっているように見える。あくまで買い物のついでで、見られるのならば見てみようか。そんな感じを装《よそお》っているように見える。皆がそろって、程良いタイミングを探している。

迷わず一番後ろの席に腰を下ろした。それに気づいてすかさず冷えた視線を向ける福は、少し離れた場所で売り物かどうかはっきりしない何かの写真集をめくっている。そしてその横顔には、はっきりと怒気が滲《にじ》んでいる。皆が嫌がる穴埋めを買ってでただけなのに。

買い過ぎない、売り過ぎない、居過ぎない、見過ぎない。ここでは〜し過ぎないという暗黙のルールが透けて見える。気にし過ぎないというルールを守れない自分には、鬱陶《うっとう》しい環境だ。

「瞳子《とうこ》先輩、お久しぶりです。もう始まりますよね？　こんな所に居ても大丈夫なんですか」

「久しぶり。いやいや、司会なんて案外気楽なもんよ。気合い入れすぎて空回りするのが一番怖いから、こうやって二条ちゃんと話してるとかえって落ち着くし」

よそ行きの声で大げさに目を見開いた女同士の会話を聞きながら、その継ぎ目を探すけれど一向に見つからない。

「あの、コレ、アレです」

「えっ。あぁ、そうなんだ。どうも、はじめまして。今日はお仕事帰りですか？」

コレというのが自分を指していて、アレというのは福との関係を指しているんだろう。とにかく今は触れて欲しくない作業着にも鋭く切り込んでくる辺り、さすが福の先輩だ。

聞けば、この瞳子先輩は、定期的にこの会場でイベントを企画し、時々司会もこなしていると言う。そんな瞳子先輩が今日ブッキングしたのは写真家とミニマリストによる対談で、イベントタイトルは「くらしのゴミ～捨てる事で得る～」と見るからに胡散臭《うさんくさ》い。

瞳子先輩を見送った福は、気がつくともう七割近くが埋まっている客席を見渡し、仕方がないといった感じで自分の隣に腰を下ろした。

数分後にはパラパラと拍手の音が聞こえて、瞳子先輩がステージに上がった。微《かす》かなハウリングの音でマイクのスイッチが入っている事を確かめてから、口角を上げ、よく通る業務用の声で自己紹介を始める。

「皆さんこんばんは。今日は、平日の遅い時間にも拘《かかわ》らず、お集まり頂きありがとうございます。毎月この素敵な空間、〈o share《オシャレ》〉さんで開催しているトークイベントも、なんと今日で十六回目になりました。私、このイベントの企画、そして司会進行を担当させて頂いております、北白河《きたしらかわ》瞳子です。ほんの短い、限られた時間にはなりますが、芯《しん》の通った心に残る物にしたいと思っています。いや、なってしまうと言った方が正しいのかもしれません。そして、ほんの短い限られた時間というのは、ある意味このトークショーの本質でもあるんですね。限られた瞬間の中でシャッターを切る写真家と、余計なものを持たず暮らしを最小限に削ぎ落としていくミニマリストのせめぎ合い。今日は、素敵な夜になるでしょうね。それでは早速呼んでみたいと思います。カメラマンの老川清剛《おいかわせいごう》さんとミニマリストの奥田博人《おくだひろと》さんです」

ステージ下手から二人の男が歩いてくる。一人は整髪料で髪をなでつけた大柄な男で、派手な柄物のシャツや無精髭《ぶしょうひげ》のせいか、どこか高圧的に見える。大股《おおまた》で自分の席までたどり着くと、客席を向いた。目を細めて小さく礼をしてから、合図も待たず、そそくさと椅子に尻《しり》を押し込むように座った。

もう一人は丸刈りの頭を右手で撫《な》でながら早歩きで椅子の前まで来ると、客席へ向けて小声で何か言いながら、深々と体を折り曲げて礼をした。瞳子先輩が促してもなかなか座ろうとはせず、しばらく間を置いてから、突然自分のタイミングで椅子に腰を下ろした。

「まずは、シャッターを押すという世界観を捨てないとね。カメラマンなんて選ぶだけだから。何かを産み出そうなんておこがましいのね。そういう世界観を捨てないと。そこに存在している世界観を切り取るだけなのね。もうある物なの、その世界観は。その世界観に気がつくかどうかが全《すべ》てなの。気がつくっていうかね、もうあるんだから、見ればいいだけなんだけどね。シャッターを押すんじゃなくて、シャッターを切る。切り取るっていうのは捨てていくってことね。だから写真っていうのは、産み出すんじゃなくて、捨てるってことなの」

老川の話は、独特の語尾と、くり返される「世界観」が気になってなかなか頭に入ってこない。

「ふっ、いいですか。今から言う事はどうでも良い事ですよ。ふっ、この言葉すら捨てて下さい。聞いたら捨てる、捨てたら聞く。呼吸と、ふっ、一緒ですからね。人というのは、ふっ、何かが蓄積してしまうと鈍くなるんです。常に何も無い空っぽの状態を、ふっ、目指しましょうよ。例えるなら、バーコードです。ふっ、レジに通すように、自分の体を通過させるんです。溜めてしまったら、ふっ、駄目なんです。ふっ、と消えてしまうのが、ふっ、理想ですからね。自分という存在を通すだけで、そこから消えてしまったとしても、そこには残っていくんです。だから持たない。通過させて行きましょう。ふっ、常に身軽でいれば、すべての出来事に躍動を感じることが出来ます、ふっ。空腹は最大の調味料というように、持たないということは、ふっ」

丸刈りで早歩きなミニマリスト、奥田の癖はもっと気になる。もう「ふっ」というあの不快な息の印象しか残っていないし、何より、話の一番最後が「ふっ」で終わったことが信じられない。


硬い木の椅子に座っているせいで尾てい骨が痛む。数十秒おきに重心を傾けてみるけれど、どうにも収まりが悪く、また同じ動作をくり返す。その都度、隣の福は不快そうな顔を「ふっ」と背ける。

「気がつけばあっという間の四十分でした」瞳子先輩の声が、電気を点《つ》ける時の音みたいに心地良く聞こえた。その解放感、脱力感から、なんとなくそのまま打ち上げに参加する流れになってしまった。

イベントの後片付けが終わるのを待つ間も、福は一切話しかけてこない。不機嫌さを隠さず、棚に隠れるようにして自分との距離を取っている。

「今、クリエーターが選ぶ、これ」という小さなポップに縁取られたコーナーで、目

につい た商品を手に取って時間を潰《つぶ》す。

楕円《だえん》形のボディーに、それぞれAからZまでのアルファベットが印字されたシルバーのキーホルダーが、なんと二千九百八十円。

醤油《しょうゆ》やポン酢、塩に蜂蜜《はちみつ》、調味料の横には石鹸《せっけん》、ボディークリーム、乳液が並ぶ。その向かいには美容関連の書籍が並んでいて、簡素な棚はとても忙しい。商品を入れる為のカゴはカバンとして普段使いすらできそうなデザインで、反対に、外で持ち歩くには勇気が要るカゴのようなデザインのカバンにはしっかりと高額な値札が付いている。

どこまでも価値観の合わないこの建物を、ぐるりと一周する。相変わらず機嫌の悪い福に嫌気がさして、目についたラックから白いシャツを選んだ。上だけでも替えればそれなりに形になるかもしれない、そんな考えは、〇《ゼロ》が一つ多い値札を見てあっさりと吹き飛んでいった。

でも、胸にオレンジで刺繍《ししゅう》された「平田工業」の文字は、やはりどこか憎めない。

緩やかなカーブを描いた階段が、白みがかったライトに照らされて光っている。建物を出た途端、気の抜けた体内に酸素が流れ込んでくるのを感じた。前を歩く二人の会話が聞こえるか聞こえないかの位置をキープするのが面倒臭い。少し鼻にかかった瞳子先輩の声ばかりが、風に乗って耳に届く。やがてさっきまで感じていた息苦しさが懐《なつ》かしくなる頃、住宅街に佇《たたず》む古民家に人だかりができているのを見つけた。

ちょうど入れ違いで店を出て行く集団を避けて、店内に入る。間接照明に照らされた店内は、飲食店としてはずいぶんと不親切な造りで、慣れた足取りの瞳子先輩にくっ付いてそろそろ歩く。

靴を脱いで、人一人がやっと通れる狭い階段を踏みしめる度、足の裏で板の軋《きし》む音がする。階段を上がりきった所で出迎えた店員が、左右に三つずつ並んだ個室の左側一番奥を指して軽く会釈《えしゃく》した。

瞳子先輩がゆっくり襖《ふすま》を開けると、大きな笑い声が流れてきた。

長方形のテーブルを取り囲む椅子が八脚、程良い間隔で並んでいる。テーブルには小皿とお通し、ナイフとフォーク、箸《はし》が行儀よく並ぶ。その光景に無言の圧力を感じて、気が重くなる。

ちょうど横並びで空いていた椅子に三人それぞれが腰かけると、ようやく何かが埋まったという空気で場が満たされた。

簡単な挨拶《あいさつ》が済み、正式に打ち上げが始まる。その他のメンバーは、写真家、ミニマリスト、ミニマリストの恋人、商業施設の責任者、雑誌ライターの計五人だ。ミニマリストの恋人以外は全員が男で、中でも商業施設の責任者と雑誌ライターは癖のある関西弁と大きな声を使い、どうにかこの場を盛り上げようと必死だ。

ミニマリストの恋人は、容姿、振る舞い共に、まるで小劇団上がりのさえない女優のよう。深夜ドラマに時々出ては妙な違和感を醸《かも》し出す事に特化しただけの、一般的にはブスと言われる類《たぐ》いなのに、なぜだかそれを許さない、言ったら負けという空気が鼻につく女だ。

次々に運ばれてくる創作和食に目が泳ぐ。見たことも無い料理の食べ方がわからず、周りの様子をうかがって、見よう見まねで口に運ぶ。それは福も一緒のようで、さっきからワンテンポ遅れて、ロボットのような動きで瞳子先輩を追いかけている。

「あっ、そうだ。私、さっきから誰だよって感じですよね？　改めて自己紹介した方が良い感じですよね？」

そう言って、ミニマリストの恋人は自己紹介を始めた。退屈なそれが終わると、開きかけた入り口がまた閉じるように場の空気が萎《しぼ》んだ。その後はまた、知らない者を排除しようとする、知っている者同士の会話がひたすら続く。いつかの大縄跳びを思い出した。タイミングを見計らい、一定のリズムでまわる縄を前にして、いつまでも間抜けに立ち尽くしている。縄は一定のリズムでまわり続け、会話はどんどん加速していく。それは途切れないと言うよりも、途切れさせないと言った方が正しい。

核心には触れない程度の芯のない言葉で、いつまでも、同じような会話が延々と続く。

「作業着って新しいですね。逆に、的な発想ですか？　だったら凄《すご》い。これを機にもう一回作業着の可能性見つめ直さないと」

ミニマリストの恋人は、ナイフとフォークを上手に使い、緑色のソースがかかった白身魚を口に運びながら言った。やっぱりこれもナイフとフォークだったかと思う。じゃあなぜ箸があるのだろう。あくまで、ナイフとフォークを使えない失格者の為の物か。そんな事を考えていて、少し遅れて気が付いた。あ、俺はイジられたんだ。左では瞳子先輩が目を泳がせながら適当な相槌《あいづち》を打っていて、右では福がじっと俯《うつむ》いて黙っている。

ミニマリストの恋人は、そのナイフとフォーク同様、忙しそうに口を動かす。カチャカチャカチャカチャ、不快な奴《やつ》だ。

きっと自分の存在は箸で、今この空間に必要のない物なのだろう。その後も女の口から、作業着という単語を何度か聞いた。そしてその度に、横にいるミニマリストは声をあげて笑った。

「さっきから聞いてれば調子に乗りやがって。お前、ミニマリストだろ……捨てる事で飯食ってるんだろ。じゃあ死ねよ。もう命を捨てろ……お前がやってるのは、極論を言えばそういう事だろうが。じゃあ、行っちゃえ……ほら、目的地に……到達しちゃえよ。ていうかお前……なんで女が居るんだよ。それが先だ。それを捨てろ。それだよ。ブス……こいつブス過ぎだよ。ブスにも程があるよ。写真には写らない美しさがあるから〜っていうことなの？　お前はどう思う？　クソカメラマン……このブス撮る価値ある？　ほら……早く切り取ってみろよ。お前の世界観見せてみろよ。っていうか、世界観ってなんだよ……馬鹿が集まってしょうもない話をダラダラと。さっき客の前でやったばかりなのに、まだ話し足りないのかよ」

怒りに任せた言葉は所々でブツ切れになって、その嫌な間を埋めようとまた怒りに任せる。怒りで怒りを洗う。だんだん、それ自体にも腹が立ってきて、本来の目的を忘れそうになる。自分の怒鳴り声がまだ微かに耳の奥に残っていて、喉《のど》の奥に擦りむいたような痛みを感じる。

やってしまった。この沈黙は、大縄跳びで引っ掛かった時のアレだ。

気が付くと今度は自分自身が、誰も寄せ付けない、猛スピードで回転を続ける大縄そのものになっていた。まわりは息を飲んで呆然《ぼうぜん》としている。福は黙って俯いたまま、じっと何かを噛《か》み殺している。

煙草コーヒー

千早茜

それなりに楽しみにはしていた。

浮きたつというほどでもないけれど、それなりに。

佐伯さんには前々からお願いしていたので、すんなりと定時で仕事をあがらせてもらえた。化粧ポーチを持って、一階下のフロアの洗面所へ行った。洗面所の鏡の前は若い女性社員でほぼ埋め尽くされていて、化粧品と整髪料と香水が入り混じった粉っぽい匂《にお》いが充満していた。

正直、仕事終わりにメイク直しをするなんてひさしぶりだった。アイラインを入れなおし、チークをさして、口紅の色も変える。スカーフを外し、シャツのボタンをもうひとつあける。こんなところを会長秘書の朝比奈さんに見られたら大変だ。でも、「ボスのお世話が生きがいです」といった感じのお局《つぼね》社員秘書たちに、アフターファイブの存在を見せつけたい気もする。

まとめていた髪をほどいて旅行用の携帯ヘアアイロンで毛先を巻きながら、二十代前半らしき事務の子がつけまつげをつけるのを横目で観察した。毛針のようなつけまつげは「つける」より「装着」という言葉がぴったりで、あれでこれから男を釣るんだろうかと想像しているうちに、シャツワンピースにジャケットという自分の格好が地味すぎるように思えてきた。いや、でも大人の女性として恥ずかしくない服装はしていると自分を納得させて会社をでる。

地下鉄を降りて、坂道を歩く。大正時代は花街だったというその地域は、路地に入れば老舗《しにせ》の料亭などがぽつぽつとある、都会にしてはしっとりとした場所だ。佐伯さんのお気に入りの隠れ家風フレンチレストランもある。そんな中、目指す建物は白い照明を受けて堂々とまわりの景色から浮きあがっていた。一見、工場のように見える。でも、そういう武骨さが現代的なのだろう。

瞳子先輩によれば「衣食住に知を融合させた大人の商業施設」だそうだ。彼女はその建物の二階にあるイベントブースで様々な催しを企画しているらしい。今夜誘われたのは写真家とミニマリストのトークショーで、瞳子先輩はその司会をするそうだ。

ゆるやかな坂道に沿って作られた、ウッドデッキ調のひろびろとした階段をあがる。ヒールが一歩ごとに大げさな音をたてて響くので、ゆっくりと歩を運ぶ。一階をざっと見まわす。衣類や生活雑貨、家具、中央にはカフェがあり、人々はカフェのロゴの入った蓋《ふた》つき紙コップを片手に買い物を楽しんでいる。北欧のインポートブランドを中心にセレクトされた服、上質なリネン、作家ものの食器やカトラリー、料理研究家が考案した調理器具、テキスタイルのデザイナーとコラボしたヴィンテージの椅子、どれも高価だがこだわり抜いた品ばかり置いている。時間があったので、二階も見る。イベントブースはまだ人がまばらで、瞳子先輩の姿も見えない。あちこちの壁に本棚があり、売り物なのか蔵書なのかわからない本が並んでいる。階段から店内を見下ろしながら一階に戻る。

なんでもないように見えても、なんでもないものはひとつもない。誰がデザインしたとか、どこそこの職人が作っているとか、著名人が愛用している品々の一角まであり、すべての商品に付加価値がつけられている。この建物自体も古い倉庫を生かした「工業的でミニマルなデザイン」なのだと、なにかの雑誌で読んだことがある。付加価値の塊。

でも、付加価値はビジネスには必要不可欠だ。結局は、人が納得できる価値をどれだけつけられるかなんですよね。企画書に目を通しながら、佐伯さんはよくそんなことを言っている。そして、この新しくできたばかりのお洒落空間のイベントに大輔《だいすけ》を誘ったあたしも、そういう付加価値を利用しているということなんだろう。ここに集う人たちはきっとみんなそうだ。付加価値を楽しめないなら都会では生きていけない気がする。

カフェカウンターで温かいチャイラテを買い、生活雑貨の棚を眺める。白い琺瑯《ほうろう》のコップが目に入る。大輔のアパートはユニットバスで、洗面台にはコップすらない。シンプルだし、これならいいんじゃないかな。いろいろちょっと高いけれど、二人で選ぶならちょっと高いくらいのほうが記憶にも残るし、あの殺風景な部屋に合うなにかを探してみようとふり返った瞬間、信じがたいものが目に入った。

ところどころに汚れの付着した紺色の作業着。

は、となった。声がでた気がする。近くのカップルにちらりと見られた。

この施設の作業員であってくれ、という切実な祈りもむなしく、きょろきょろと辺りを見まわしながら階段へ向かう姿は間違いようもなく大輔だった。口を半びらきにした、あたしの大嫌いな、しまりのない顔をしていた。初対面のときの最悪な印象がよみがえる。

さりげなく流行を取り入れたこざっぱりした服装の人たちの中で、なんの付加価値もない作業着姿は眩暈《めまい》がするほど浮いていた。おまけに、髪は帽子のあとがくっきりとついて盛大にうねっている。

ああそう、あんたはあたしに会う前に鏡すら見ないわけ。怒りで足が速くなる。あたしは地下鉄を降りる前、浮かれて見えないか電車の窓ガラスで自分の姿を確認した。口角をわざとらしくない程度にあげて表情を作り、待ち合わせに備えた。いまになって、その自意識こそが充分に浮かれていた証拠のように思われて苛立《いらだ》ちが増した。

大輔は手に缶コーヒーを持ってぼんやりと階段を上がっていく。なんで、ここにきて缶コーヒー？　服に合わせたわけ？　それがあんたのさりげなさの演出だってこと？　なにその「働く男の証《あかし》」みたいな缶コーヒー、ＣＭか。

ていうか、ほんと、信じられない。なんで着替えてこなかったの。

大輔があたしに気づく。その手から、ありったけの不快感を込めて缶コーヒーを奪い取る。軽さで空だとわかり、肩かけ鞄《かばん》に押し込む。かすかに、缶の中で軽いものが転がった感じがあった。

自分の飲みかけのチャイラテを押しつけたが、そんなことでは作業着の違和感はゆるがない。胸ポケットに刺繍された妙に達筆な「平田工業」の文字が、お洒落カバーオールの可能性を完全に打ち消している。ポケットから覗《のぞ》く、しわくちゃになった煙草の紙箱すら憎くて仕方がない。

話したくなかった。口をひらけば悪態がついてでる気がして、黙って謝罪の言葉を待った。

けれど、大輔は悪びれた風もなく、あたしのチャイラテをひとくちすると「甘いな、これ」と呟き、再びイベントブースのある二階へと階段を上りはじめた。こいつ、舐《な》めている。一体どういうつもりなのか見届けたくて後についていく。

階段一段分ほどの高さの小さなステージの前に、品の良い椅子が整然と並んでいる。大輔は迷うことなく一番後ろの椅子に身を投げだすようにして座った。椅子の脚と床が擦れる音が、鉄骨の梁《はり》がむきだしになった高い天井に響いて、恥ずかしさでいたたまれなくなる。帰りたい。頼むから帰って欲しい。せめて他人のふりがしたい。いや、他人だ。あんな常識のないやつは他人だ。

他人他人消えろ消えろ、と心の中で罵《ののし》りながら、近くの棚の写真集に手を伸ばす。今日、トークショーをする写真家の写真集だった。ぱらぱらとめくるが、よくわからない。景色だの人だのを撮っているが、特に印象に残らない。ピンぼけしているように見える写真もあってますます困惑する。古典絵画なら美術史の知識を入れればなんとかわかったふりができるけれど、写真はそうはいかない。あたしの中には写真について語る言葉も感性もない。記録以上のものを写真に求めたことがないせいだろう。いや、写真だけじゃなく芸術全般が苦手だ。美術館のチケットをもらったり誘われたりすると正直ドキドキする。本当は特に興味もないし必要だとも思っていないことを見抜かれそうで。高尚な付加価値というものは、理解できない人間を徹底的に見下すので厄介だ。

脚を広げて座る大輔が目に入る。芸術うんぬんどころじゃない、あんな作業着姿の男を連れているだけで終わりだ。

もう今日はトークショーが終了したらすぐに帰る。後で感想だけ瞳子先輩にメールしておこう。そう決意した瞬間、「二条ちゃん」と瞳子先輩の涼しげな声がした。

ざっくりしたニットにワイドパンツ。耳には、普通のOLではつけられないような大ぶりのイヤリングがぶら下がっている。袖《そで》を適度にくしゅっとさせた、いわゆる「抜け感」のあるスタイルが眩《まぶ》しい。ダサく見えてもとにかくきちんとしてなければいけない秘書のあたしとは対極の自由さとお洒落さ。

笑顔を作りテンションを無理にあげて挨拶をする。なるべく早く立ち去ってもらおうと、「こんなところにいても大丈夫なんですか？」と舞台のほうへと視線を遣《や》る。瞳子先輩がちらっと大輔を見た。大輔がわずかに反応する。駄目だ、もう逃げられない。頭を抱えたい気分で立ち尽くすあたしに、瞳子先輩が意味深な目配せを送ってくる。大輔は気づいていないようだった。

「あの、これ、あれです」と、曖昧な紹介をする。大輔と瞳子先輩が会釈を交わす。忌《い》まわしい作業着に眉《まゆ》をひそめることもなく、「お仕事帰りですか？」とさらりと指摘をする。うまい。そう言えば良かった。そうしたら、この気のきかない阿呆《あほ》男から弁解や謝罪の一言でも引きだせたのかもしれない。

けれど、大輔は「はあ」と間の抜けた返しをしただけだった。

瞳子先輩からこのイベントに誘われたとき、ちょっとした恋愛話になった。大輔との最悪な出会いを話して、その後になぜか関係を持ってしまったんですよね、と面白半分で打ち明けると瞳子先輩は興味を持った。「すごい、トラブルがあった年下の男性とそんなことになるなんて。どんな人なの？」と訊《き》かれて「じゃあ、連れていきましょうか」とつい応じてしまったのだった。

瞳子先輩は完璧《かんぺき》な微笑《ほほえ》みを浮かべて、ものめずらしそうに大輔を眺めている。きっと彼女の生きる世界には存在しないタイプの人種なのだろう。そんな背景を知らない大輔は「あ、福から聞きました、今日は……」と、なにか言いかけようとした。

「ちょっと、名前で呼ばないでって言ってるでしょ！」

衝動的に叫んでいた。大輔の彼氏面《づら》も無性に腹だたしかった。付き合ってくれなんて言ってくれたことないくせに、そんなふざけた格好してきたくせに、調子に乗るな。

イベントブースまわりに集まってきた人々の視線を感じた。瞳子先輩は驚いた様子も見せずにっこり笑うと、「二条ちゃん、昔から名前嫌いだもんね」とあくまでただの痴話喧嘩《げんか》ですからというような雰囲気を作り、「じゃあ、後でね」とステージのほうへ行ってしまった。

椅子が埋まりだし、仕方なく大輔の横に座る。

数分後、瞳子先輩がステージに立った。遠くからでもよく見えるはっきりした笑顔で、すらすらとよどみなく喋《しゃべ》る。人前に立つ瞳子先輩は知らない人のように見えたけれど、普段の瞳子先輩のことをどれだけ知ってるかというとほとんど知らない。大学のテニスサークルで一緒だったよしみで、たまにお茶やランチやイベントに誘ってもらうくらいの付き合いだ。彼女の仕事は一言で説明すると「よりよいライフスタイルを提案する」ことらしいが、詳しい内容は知らない。

瞳子先輩は大学時代から皆に一目置かれる人だった。昔から目に見えないものを操るのに長《た》けた人で、価値のよくわからないものをなんだか素敵なものにしてしまう。彼女が付き合えば地味な男もなんだか知的に見えたし、彼女が持っていれば安っぽいものでもなんだか品があるように見えた。上に立ったものだけに許される、誰にでも平等な優しさを常にふりまいている人だった。言葉を使うのもうまかった。合宿のとき、サークルのOBが瞳子先輩にあからさまに気のある素振りをしていたことがあった。確か木村とかいう、ニキビの痕《あと》が目立つ、院生であることを鼻にかけた嫌味な男だった。瞳子先輩は色めいたことを言われる度に、「木村さんのことは尊敬してますから」と言って敬意の壁でやんわりと拒絶していた。尊敬はうまい言葉だ。要は「あんたは生理的に無理」ということでも、相手のプライドを傷つけることなく線を引ける。彼女は決して敵を作らない。

拍手の中、トークショーをする二人がステージにあがる。写真家は肥満といっても差し支えないような大男で、無頼ぶった無精髭が不潔に感じた。ワックスでべったりと固めた髪がてらてらと光っている。ミニマリストはミニマリストのイメージ通り黒い服を着ていて、丸刈りで痩《や》せていた。肌が若干かさついているのは、クリームすら捨ててしまったせいだろうか。どちらもお洒落でもないし、喋り方に知性も感じられない。もう名前も忘れてしまった。壇上の二人を眺めながら、どちらともセックスできないなあ、と思う。あたしには瞳子先輩お得意の「尊敬してますから」という婉曲《えんきょく》表現すら使えない気がする。自然、トークも頭に入ってこない。そもそも言っていることが抽象的すぎて、なにを話しているのか理解できない。お互いの会話も嚙み合っていない。それでも、瞳子先輩は天才的な話術で場を静かに盛りあげていく。美人の瞳子先輩が敬意を込めて対応するからには、凄い人たちなんだろうとは思うが、正直言ってそれ以上のものが見つけられない。

トークショーに飽きたのか、大輔が何度も身じろぎをする。四十分くらいじっとできないのだろうか、お前は小学生か。睨《にら》みつけようとして、さっきから変な臭《にお》いがしていることに気づく。腹の底がひりひりする、すえたような、煙たいような臭い。ややあって、自分の鞄の中からただよってくるのだとわかる。大輔から奪った缶コーヒーだろう。中に煙草の吸い殻が入っていたに違いない。そのヤニがわずかに残ったコーヒーに溶けだして臭っているようだ。

はじめて大輔の顔が近づいてきたとき、口からこんな臭いがした。あたしより若いのに、おっさんみたい。疲れた負け犬の臭い。けれど、唇を合わせてしまうと、もう臭いは気にならなくなった。舌を絡《から》ませながら、あたしの口のなかも煙草とコーヒーがまざった臭いになるのかな、と思ったが、触れられるとなにも考えられなくなった。隣を見る。大輔の爪《つめ》の間はいつも黒ずんでいる。あたしの体を乱暴に、好き勝手に扱った手。でも、あのときはなんだか必死で、可愛《かわい》いとつい思ってしまった。体の感触がよみがえって、いそいで目をそらす。

大きな拍手の音で我に返った。いつの間にか、トークショーは終わっていた。写真家とミニマリストがステージを降りると、観客はばらばらと立ちあがった。大輔はつかず離れずの距離を取りながら商品を眺めている。どの商品にも特に興味はなさそうで、戯《たわむ》れに手に取っては値段を見て顔をしかめている。恥ずかしげもなく作業着で来られるあんたに価値がわかるわけがない。話しかけてこないので、あたしも話しかけない。根競《こんくら》べのような時間が経《た》ち、沈黙が苛立ちに変わっていく。

瞳子先輩に声をかけて帰ろうかと思ったが、ステージからやってきた瞳子先輩は爽《さわ》やかに「さあ、行きましょうか」とスタッフ用出口へと向かう。大輔にも手招きをして、「打ち上げ、すぐ近くだから」と笑う。断ろうとしたが、「ああ、はい」と大輔が歩きだした。

目の前が真っ暗になった。なんの嫌がらせだ、これは。トークショーの内容も覚えていない上に、これ以上恥をかかされるのは勘弁して欲しかった。

「朝も早いですし今日はもう帰ります」

「明日は休みなのに？」

「いや、あれが」

「あ、そっか。でも、ちょっとだけならいいでしょう。席もとってあるし」

押し問答をしながら住宅街を歩く。途中で諦《あきら》めた。瞳子先輩はもの柔らかに見えて、自分の中で決めたことを譲らないところがある。

夜風に乗って甘い香りが降ってきて、瞳子先輩が顔をあげる。庭木の梢《こずえ》にオレンジ色の小さな花々が見えた。

「あら、金木犀《きんもくせい》。いい季節よね、今夜はお酒が美味《おい》しそう」と微笑む。彼女ならどんな季節でも良い季節にしてしまえるんだろうな、と思った。トイレの芳香剤の匂いかと思ってしまった自分の感性の貧しさを呪《のろ》う。今夜はとにかく黙っていよう。

細い路地の先に丸い灯りが点《とも》っていた。ほどよく酔った一団と入れ違いに店に入る。店は古民家を改装した造りだった。狭くて急な階段を上がり、二階の奥の部屋へと通される。

部屋を見て、ちょっとたじろぐ。天井の低い畳の部屋に絨毯《じゅうたん》にテーブルと椅子というしつらえは良くあるものとしても、床の間の前の上座席に明らかに誰かの恋人といった感じの女が座っている。年齢や経歴からいってもそこは写真家の席ではないのか。もし、こんな配置を接待でやってしまったら大目玉を食う。

空いている席を勧められ、流れだからといった感じで簡単な自己紹介と乾杯をする。床の間前席の女はミニマリストの恋人だった。買い物袋や鞄を床の間に置いて、気取った仕草で泡のたつグラスを傾けている。個性を前面にだしたメイクに服にアクセサリー、自分が特別であることを疑ったことがない感じの女だった。彼女以外は男性で、誰もネクタイをしていない。商業施設の責任者らしき男性は、写真家とミニマリストにひっきりなしに喋りかけている。写真家は相変わらず抽象的な話をだらだらと語り、ミニマリストは酒で頬を染めながら彼女のご機嫌取りなんかをしている。この二人は上座にこだわらないことで型破りな自分を演出してるのだろうか。

料理が運ばれてくる。黒枝豆の豆腐に花胡瓜《はなきゅうり》が添えられたものがお通しだったので、和食かと思っていると、栗《くり》や茸《きのこ》がバルサミコで和《あ》えられていたり、抹茶茶碗《ぢゃわん》に入った魚介のポタージュがでてきたりする。箸も置いてあったが、みんなご丁寧にナイフとフォークを使っている。こういうときは主賓にならうべきなので、あたしもナイフとフォークを手に取る。隣から苦戦しているようなカチャカチャとした音が聞こえたが、大輔を見ないようにして黙々と食べた。

丸茄子《まるなす》をくり抜いて中に豆乳ソースと細麵《ほそめん》を入れた料理がでてきたときは、さすがに箸だろ、と大学生風のお運びさんを見たがなにも言わない。あくまで料理を運ぶ以外のことは見ない言わない聞かないといったバイトそのものの態度を貫いている。そして、襖の閉め方が毎回荒い。

この店は駄目だ、接待には使えない。瞳子先輩を横目でうかがうと、「面白いお料理よね」と微笑んでいる。美味しいとは言わない。料理が面白いかはともかくとして、皿が変だった。籠《かご》のような陶器だったり、洗面器のように深かったり、積み木みたいだったりと、どれも食べ物に対して過剰に構えすぎている。

写真家が赤ワインをぐるぐるしながら言った。

「この器、私の友人が作っていてね。なかなかいい陶芸家だよ」

「先生が写真に撮っておられる方ですよね。ぜひ、次回のトークショーに」と責任者の男性がすかさず食いつく。

ミニマリストが円盤のような皿を眺める。フルーツトマトがやっと一個盛れるような小さな窪《くぼ》みが中央にある。「いいですね、無駄がない」と呟いた。

え、無駄だらけでしょう。じゃあ、あなた家に置きますか？　ミニマリストなのに、こんな馬鹿でかい皿を？　ほんとうに？　おまえ、偽者《にせもの》だろうと、胸ぐらを摑《つか》みたくなる。

ここは嘘《うそ》ばかりだ、と思う。さっさと家に帰って、風呂《ふろ》に入り、むくんだ脚のマッサージでもしたほうがよほど有意義だ。

「作業着って新しいですね」と突然、ミニマリストの女が言った。バジルソースをかけた白身魚のカルパッチョを口に運んでいる。さっきまであたしたちなんか視界にも入らないという態度で関係者だけで話していたくせに、大輔に挑発的な視線を向けて
「逆に、的な発想ですか？　だったら凄い」と続けた。

その薄笑いを見て、羞恥《しゅうち》と怒りで体が熱くなった。でも、馬鹿にされても仕方がない。どう考えても常識のない服装をしてきたのが悪い。

「さっきから聞いてれば調子に乗りやがって――」

隣から低い声がして、ぎょっとする。大輔だった。

ぽかんとするミニマリストたちに向かってブスだのクソだのと次々に罵《ば》詈《り》雑言《ぞうごん》を浴びせかける。ついに決壊したという感じで、勢いよくまくしたてる。嵐《あらし》のようだ。

「……じゃあ死ねよ。もう命を捨てろ……」

大輔が辛辣《しんらつ》なことをわめく。あたしが死にたい。攻撃的な気配がびりびりと伝わってきて止められない。口汚い言葉が大輔の口から放たれるたび、血の気がひいていく。

気がついたら部屋は静まり返っていた。もう終わりだ。そう思うと、妙な解放感に包まれた。もうこれ以上、最悪なことなんてないだろう。

瞳子先輩が口をひらきかけたが、言葉がでてこない。その端正な横顔を見た瞬間、意地悪な期待が込みあげた。さあ、瞳子先輩、この最悪な状況をどうやってお得意の素敵なものに変えられますかね。そう胸の裡《うち》でせせら笑って、愕然《がくぜん》とする。自分が瞳子先輩をまったく好きじゃないことに、そして、瞳子先輩という付加価値がもう有効ではなくなっている自分に。

「いやー君、言うねえ。でも、ちょっと極論すぎるかなあ」

誰かが軽い調子で言って笑った。あちこちで失笑がもれる。ブスと言われたミニマリストの女だけが顔をひきつらせていたが、瞳子先輩を含めた全員がなんでもなかったかのようにふる舞っていた。

大輔はまだ怒りを溜めたまま黙って座っていた。握った拳《こぶし》が哀れだった。この人、なんでこんなところにいるんだろう。あの商業施設にだって、トークショーにだって、この打ち上げにだって興味なんかないだろうに。なんでこんなに怒ってまで帰ろうとしないいんだろう。

関係者だけにしかわからないような冗談を誰かが言い、またみんなが笑った。大輔の存在も発言もこの部屋ではなかったことにされていた。嘘ばかりのこの部屋で、あの怒りだけが本当だったのに。

「へらへら笑っててんじゃないわよ」

全員があたしを見たので、きっと全員にその自覚があったのだろう。

「さっきからなんも面白くないし、大の大人が価値観否定されてなにをへらへら笑ってんのよ。それとも大の大人だから気にしないっていうポーズを取りたいの？　こんな作業着姿の馬鹿に馬鹿にされて平気なわけ？　さっき壇上で人を見下ろしながら偉そうに喋っていたことはなんなの。あんたたち、価値観売って生きてるんでしょ。だったら、もっと必死になって守れよ。馬鹿にされても笑っていられるその程度のものかよ。くだらない。小手先の価値観なんてゴミじゃない。こんな創作なんて言葉で逃げてる不味《まず》い料理とあんたたち一緒だよ。飾っても、盛っても、不味い。自分たちのルールだけがまかり通る中途半端《はんぱ》な場所にしかいないから、感覚がおかしくなってこの不味さもわかんないのよ」

立ちあがる。あたしがこんなことを言ってもどうせこいつらには響かない。

瞳子先輩と目が合った。驚きと困惑と、その奥にかすかな憐《あわ》れみを見つけて、さよなら、と思いながら鞄を肩にかける。

この部屋からでていくのは怖くない。でも、大輔に手を伸ばすのは怖かった。あたしは、この最低な男に手をふり払われるのが怖い。

息を吸い、「行こう」と手を差しだした。鞄の中で缶コーヒーが揺れて、胃の底がひりひりする苦い臭いがした。

間奏　尾崎世界観

馴染《なじ》みのない街だからこそ興味が湧《わ》いた。駅前の不動産屋の扉を押すと、珍しくまんざらでもなさそうな福があとに続いた。冷房のよく効いたカビ臭い店内には、有線放送が蚊の鳴くような音量で流れている。他に客はおらず、それどころか店員まで見あたらない。

壁に貼《は》りだされた物件情報を眺めていると、買い物に出ていたのか、ビニール袋を手に下げた男が焦《あせ》った様子で店内に入ってきた。やがて息つく間もなく、机の向かいに立って接客をはじめる。ストラップで繫《つな》がれた携帯電話を胸ポケットから取りだして、取り繕うかのように操作している。会社支給なのだろうその型の古い携帯電話は、全体が優しく丸みを帯びていて、見ているだけで穏やかな気持ちになる。最近の電化製品はどれも進化するにつれて、どんどん凶悪な形になっていっている気がする。

その気もないのに、出された麦茶を口に含んで素直に不味《まず》いと思う。そのことを横の福に伝えると、肘《ひじ》で突かれて、軋《きし》んだ椅子《いす》が間抜けな音を立てる。それが変則的な返事に聞こえなくもない。メガネをかけた小太りの男が、ハンカチで顔をぬぐいながら分厚いファイルを数冊机に置いた。どの物件も、取り繕うように良い部分だけを過剰に盛っていて、角度や光で誤魔化した建物が無理をして写っている。

家賃、間取り、陽当たり、駅からの距離、風呂《ふろ》トイレ別、大家の人柄、色んな条件をふまえて選ぶ。福が自分の何を選んだのか。自分は福の何を選んだのか。家を決める前に、もっと大事なものを決めておかなければいけないのに。まくりあげたワイシャツの袖《そで》から毛むくじゃらの腕が出ていて、飲食店で料理を運んでくる店員にも、たまにこんな奴《やつ》がいるのを思いだした。よくあんな毛を生やした腕で客に料理を差し出せるよなと、苦い気持ちになる。

「年収、これだとちょっとアレですねぇ。一応アレでしたら大家さんにかけあってアレしてもらいますかぁ？」

記入したばかりのアンケートに目を通しながら、腕毛が気の毒そうな声で言った。まるで好きでもない奴に告白してフラれた気分だ。

そうか、むこうにだって選ぶ権利があった。そのことを忘れてのうのうとファイルをめくっていた自分が恥ずかしい。毛まみれの腕には汗の玉が浮いて、キラキラと光っている。無いのも辛《つら》いけれど、あり過ぎるのも辛い。腕毛がひしめく腕を見ながら、そう思った。薄ら笑いを浮かべた福も同じ方を見ている。もうそれだけで満足だった。ちょっとアレだとしても、ソレを許せるかどうかが大切だ。

「福さん、ちょっとアレだからこそ、お宅に住ませてもらえませんか？」

あの日の帰り、そう頼むと、馴染みの大家さんは「はぁ？」と言って笑った。

第三回

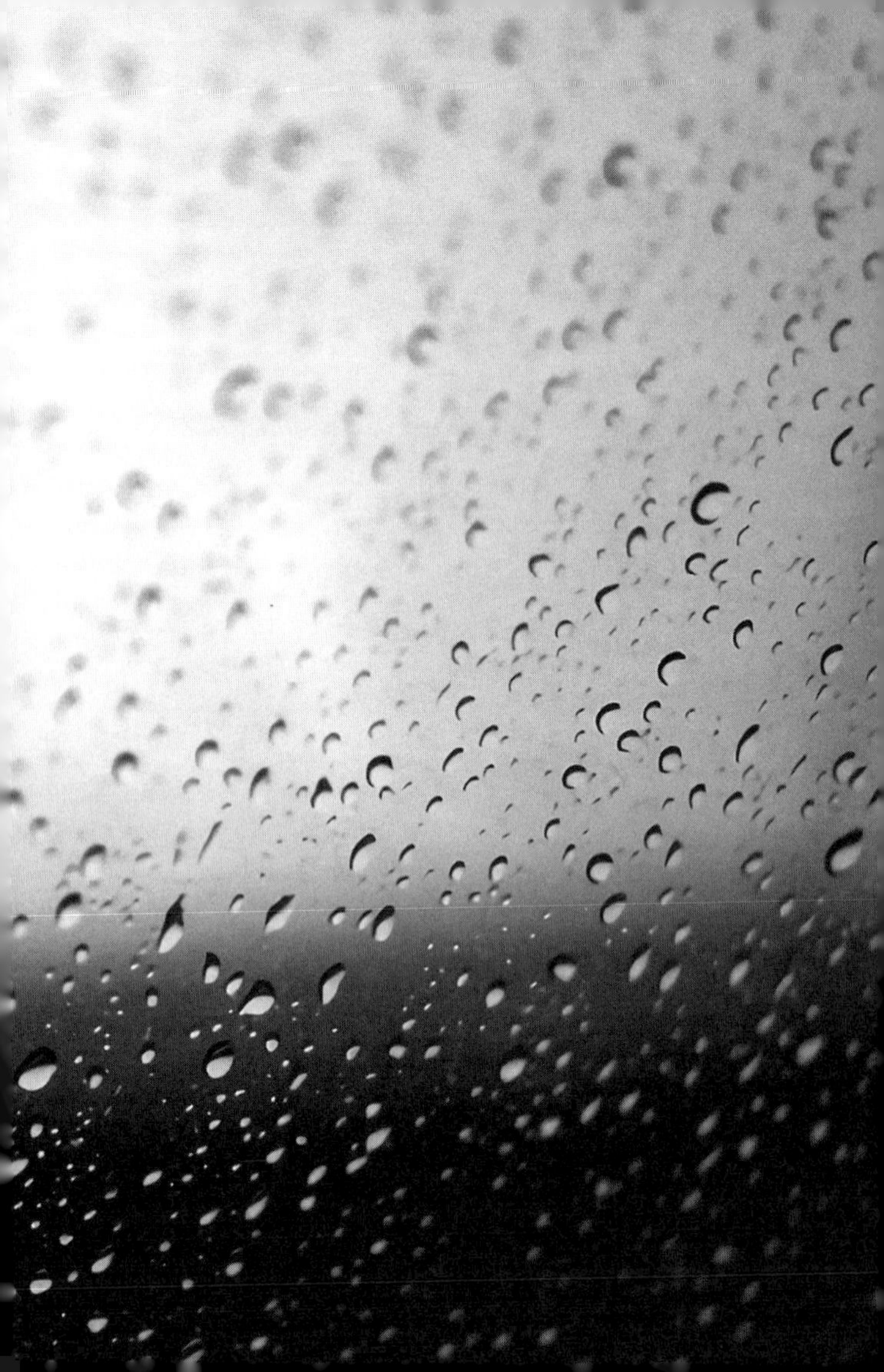

家弁当

千早茜

息苦しさで目が覚めた。

部屋はまだ暗い。隣からは重低音のような鼾《いびき》が聞こえてくる。肉体労働のせいか、鼻が悪いのか、大輔は若いくせに鼾がひどい。おまけに一度眠りはじめると、ちょっとやそっとでは起きない。でも、肩の辺りを軽く叩《たた》けば、たいてい鼾は止まる。

手を伸ばそうとして、自分の腕の重さに驚く。そこでやっと息苦しさというよりは重苦しさで目が覚めたのだと気づいた。体中が水を吸ったような倦怠感《けんたいかん》に満ちている。寝ようと目をつぶるが、大輔の鼾が振動となって伝わってきて眠れない。ますます体が重くなってきて、喉《のど》や関節が熱く痛みだしてきた。

まずい。この感じはあれだ。

単語にしてしまうと逃れようがなくなる気がして無理に起きあがる。ほぼ同時に、キッチンから炊飯器の炊《た》きあがりを報《しら》せる能天気な音楽が流れてきた。大輔の鼾が一瞬止まり、寝返りをうつ。こちらに向けられた背中がぴくりとも動かないのを確認してから、そっとベッドをでた。いつの間にか、目が暗さに慣れている。外から新聞配達のバイクの音が聞こえた。

裸足《はだし》で洗面所に入る。いつもは冷たく感じる床がひんやりと心地好《ここちよ》かった。口のなかが熱くて粘っこい。うがいをすると背筋がぞくっとした。鏡に映ったぼさぼさ髪の女は腫《は》れぼったい顔をして酔ったように目を潤《うる》ませている。一週間前の大輔もこんな顔をしていた。

油断した。今頃になって伝染《うつ》るなんて思わなかった。

あたしは病気で仕事を休んだことがない。自己管理のできない秘書なんてまず信用されないから。冬場は加湿やビタミン摂取を心がけ、気をつけていたつもりだった。

一週間前、大輔は「なんか熱っぽいんだけど体温計ある？」と、真夜中にあたしを起こした。低くはない熱があり、そのまま大輔は二日間あたしのベッドを占領した。

ピピと儚《はかな》い音をたてた体温計を素早く脇《わき》からひっこぬいたとき、大輔がかすかににやりとしたのをあたしは見逃さなかった。きっと風邪をひいても自己管理能力を問われない、だらしない職場なのだろう。実家かビジネスホテルにでも行ってってもらえばよかった、と今になって後悔する。

いや、まだ決まったわけじゃない。

とりあえず気のせいということにして、冷たい水で顔を洗い、化粧水をはたきつける。玄関横のキッチンスペースに立って、流しの上の蛍光灯だけを点《つ》ける。炊飯器のプラグを抜いて、冷蔵庫から食材をだす。昨日の晩御飯の残りの挽肉《ひきにく》と茄子《なす》の炒《いた》めものとポテトサラダ、あとはソーセージの袋と卵を二個。ソーセージはフライパンで焼く。卵焼きを作るのが億劫《おっくう》だったので、卵は茹《ゆ》でて殻を剝《む》き半分に切る。それらをご飯と共にタッパーに詰めていく。自分のタッパーにはご飯の代わりに前日の晩に茹でておいたブロッコリーと人参《にんじん》を入れる。

住んでいたアパートの更新時期だかで、大輔があたしの部屋に転がり込んできて二ヶ月、なんとなくお弁当を作ってあげるようになった。最初は自分用だった。秘書をやっていると接待などで外食が続くこともあり、ダイエットのために炭水化物抜きのお弁当をはじめたついでに大輔の分も作ったら、黙って持っていくようになった。空のタッパーが当たり前のように流しに置いてあると、面倒臭さの中に誰かと暮らしている確かな実感があった。とはいえ、作るのは前日の余りものがあるときだけだし、手の込んだこともしない。

キッチンはほぼ廊下といってもいいような狭い空間だ。それなのに、ちょっと動いただけでもランニングしたように息が切れる。とにかく体が重い。腕も首も脚も腰も存在すべてが重いのに、頭の中はふわふわしてうまく考えられず、段取りが悪い。いつもは十五分ほどで作り終えてベッドに戻るのに、白米の上にふりかけをかけてタッパーの蓋《ふた》を閉めたときには、大輔の起きる時間が近くなっていた。

ふりかけをかける。ふりかけをふる？　どっちも意味が重複している気がする。ふりかける？　ふりかけする？　そもそも、ふりかけってなんだろう。名詞なのか動詞なのかわからない。味とかなんでもよくて、ふってかけられるものならなんでもふりかけなのか。じゃあ、ココアパウダーとかシナモンシュガーとかもふりかけか。

しんどいときほど、どうでもいいことを考えてしまう。なんなんだ、あたしは。いや、どうでもいいことを考えてまぎらわせようとしてる。

もう駄目だ、認めよう。変だ。おかしい。具合が、ものすごく悪い。

ふらふらと薄暗い部屋に戻り、薬をしまっているプラスチックの箱を開ける。あるはずの場所に体温計がない。ペン立てにも、耳かきや爪磨《つめみが》きをしまっている場所にもない。確か洗面所にもなかったはずだ。探し物をしているうちに、身を起こしている のさえつらくなってきた。

ベッドに身を投げだす。あたしの下敷きになった大輔が不機嫌そうな呻《うめ》き声をあげた。謝罪も朝の挨拶《あいさつ》もする気力がなかったので、突っ伏したまま「どこ」と訊《き》く。

「は？」

「体温計。最後に使ったのあんたでしょ、どこやったの？」

寝ぼけているのか反応が悪い。大輔はあくびをしながら寝癖だらけの頭を掻《か》いて起きあがった。なにもない天井を見あげて首をまわし、「熱あんの？」とまたあくびをした。

それを調べたくて体温計を探しているんだけど。

けだるくて言い返す気にもなれない。あたしが黙っていると、大輔は電気をつけて部屋のあちこちを探しはじめた。人のたてる物音が頭の奥に響く。視界がゆがんできて目をとじると、体がゆらゆらと流されていくような心地になった。

頬になにかが触れて意識がひっぱり戻される。荒れた質感と武骨な触り方で大輔の手だとわかる。でも、人の肌は気持ちがいい。自分とは違う温度が浸《し》み込んでくる。

手を握ろうとすると、「ほら、体温計」と声が降ってきた。手が逃げるようにすっと離れる。目をあけると、エアコンやテレビのリモコンを入れておく籠《かご》が目の前にあった。籠を持った大輔があたしを見下ろしている。

「あった」と、体温計を手渡してくる。あったって、そんな変なところに入れたのおまえだろ、なんでいつも元あった場所に戻すっていう簡単なことができないんだよ。うんざりしながら体温計を脇に挟む。

大輔はなにも言わずに洗面所に向かった。勢いのある水音に混じって、うがいと痰《たん》を吐く音が聞こえてきて顔をしかめてしまう。愛情があろうがなかろうが不快なものはある。

体温計が鳴った。三十八度二分。

体から力が抜ける。これは、駄目だ。

作業着姿になった大輔が部屋を覗《のぞ》き込んだ。

「熱は」

「あった。休む」

「わかった」と大輔は短く答え、「なんかあったら連絡して。じゃあ、いくわ」と背を向けた。口調が急《せ》いている。体温計を探していて時間がなくなったのだろう。でも、あたしのせいじゃない。

「いってらっしゃい」

言い終わらないうちにドアが閉まった。ふつ、となにかが途切れたように部屋が静かになる。カーテンの縁がうっすらと青みがかってはいるが、まだ六時過ぎだ。会社に連絡しようにも誰も来ていない。

眠ってしまったら起きられなくなる気がしたのでテレビをつけた。今日の天気だのニュースだの各地の様子だのが流れたが、画面をただ見つめているだけでなにも頭に入ってこなかった。

朦朧《もうろう》としながら七時半になるのを待ち、秘書課に電話をした。三コール目で、いつも誰よりも早く出勤する朝比奈さんの声がはきはきと社名を告げた。この人、五十過ぎなのにどうして朝からこんなに元気なんだろう、更年期とかないのだろうか。またどうでもいいことを考えながら、熱があって休ませてもらいたい旨《むね》を伝える。

「わかりました。二条さん、連絡事項はある?」

朝比奈さんの簡潔な返事に、必要以上に弱々しい声をだしていた自分が恥ずかしくなる。慌《あわ》てて手帳をひらき、今日の佐伯さんのスケジュールを読みあげ、用意しておくべき資料をお願いする。自分の代わりに誰かが佐伯さんの補佐をすると思うと心が曇った。やっぱりいまから行きます、と言いたくなる。

「それで」と朝比奈さんが言った。反射的に「はい！」と声をあげてしまう。

「インフルエンザの可能性はあるの？」

「たぶん大丈夫かと……」

「たぶんってどういうこと？」

「同居人も先週同じ症状だったので……でも、もう元気です」

朝比奈さんは一瞬黙った。しまった、と思う。同居人なんて言わなければよかった。

案の定、「その同居人さんは」と急にねっとりした口調に変わる。

「インフルエンザではなかったのね」

返事に窮する。病院に行きなよとしつこく言ってお金まで置いていったのに、大輔は頑として病院に行かなかった。結局、二日で熱も下がり、食欲も回復したので、市販薬を数日飲ませ、それで済ませてしまった。

「それも、たぶん？　あのね、二条さん、たぶん、じゃ困るの。インフルエンザだったら、みんっなに迷惑がかかるでしょう」

みんな、に思いきり力を込める。説教がはじまるときの傾向だ。やってしまった。もうこうなったら黙って聞くしかない。熱くなってきた携帯電話がべったりと頬に張りついて気持ち悪い。

「私たちならまだしも、ボスたちに伝染したら、我が社にとってどのくらいの損害になるかわかっている？　まあ、あなたは派遣でいらっしゃってるから、そんなに関係ないと思っているのかもしれないけれど」

ちくりと嫌味を混ぜてくる。

「それに、あなたは同居人さんだけと関わっているわけではないわよね。通勤途中、お店、訪問先、どこでウイルスをもらっているかわからないじゃない。素人《しろうと》判断で物事を安易に捉《とら》えるのは危険なことですからね。休むのが悪いと言っているわけではないの。でも、社会人としての自覚を持って、人に迷惑がかからない選択をしてちょうだい」

はい、はい、申し訳ありません、とくり返す。病院に行ってまた連絡します、と伝えると、朝比奈さんはやっと「それでいいのよ」と解放してくれた。余計なことを言わず最初からそう言えばよかった。ぐったりとベッドに倒れ込む。

立ちあがるのさえつらいのに病院に行かなきゃいけないなんて。大輔がちゃんとインフルエンザの検査をしてくれなかったからだ。ていうか、あいつ、体調を気遣う一言もなかった。おまけにお局《つぼね》に説教までされて。腹がたってきて、大輔の枕《まくら》を拳《こぶし》で殴ると、埃《ほこり》がたってむせた。こんなにしんどいのにどうして優しくしてもらえないんだろう。
惨《みじ》めな気分になってきたので、のろのろと立ちあがり、なるべく厚着をしてタクシーを呼んだ。マスクは忘れずつけて行った。

混雑する総合病院で一時間半待たされ、鼻の穴に綿棒を突っ込まれ、また待たされた。制服を着た女性たちに指示されるままに、床に書かれた線に従って診療科や検査室へ移動し、じっと待つ。まるで家畜だ、と思うが、待合室の人の群れを眺めると、もう家畜でもいいから早く診て欲しいです、と懇願しそうになる。自ら尊厳を放棄する場所が病院だ。

検査の結果、インフルエンザの反応はでなかった。あたしと歳《とし》が変わらなそうな、青白い顔をしたいかにも研修医っぽい医者は、ろくにあたしの顔も見ずに「風邪ですかね」と呟《つぶや》いた。誰に訊いてんだ、あんたに診断してもらいにきたんだよ、と睨《にら》みつけそうになったが、早く帰りたい一心で頷《うなず》いた。

それから、会計で待ち、薬局で待ち、タクシーを待ち、近所のコンビニでスポーツドリンクとグレープフルーツジュースを買い、部屋に戻るともう昼だった。

心身ともに疲弊しきっていた。息がすごく熱くて天井がまわる。せっかく休みをもらったのに、まるで休めていない。もう体温を測るのが怖い。玄関に立ったまま秘書課に電話をすると、朝比奈さんは昼食にでていた。ほっと息を吐いたとき、キッチン台に大輔用の白黒ギンガムチェックの弁当包みが置いてあるのが目に入った。あたしの水色の弁当包みがない。

舌打ちをすんでのところで呑《の》み込む。伝言をお願いして電話を切ると、玄関にしゃがみ込んだ。頭ががんがんと痛む。あの馬鹿《ばか》、お弁当を間違えて持っていった。朝、慌てていたからか。あたしのお弁当は半分以上が茹で野菜で、一粒の米も入っていないというのに。

ふいに、携帯電話が鳴った。大輔かと思って急いででる。

「佐伯です」

落ち着いた声がした。

「二条さん、大丈夫?」

「あ、はい!」と、つい立ちあがってしまう。

「申し訳ありません。いま病院行ってきました。インフルエンザではなかったので明日には出勤します」

「心配しなくていいから、ゆっくり休んで」

優しい声。佐伯さんが体調を崩したところなんて見たことがない。情けなくて泣きそうになった。いけない、気が弱っている。

「ありがとうございます」

見えないとわかっているけれど頭を下げる。

「なにかありましたら秘書課の者が対応しますので」

「いや、今日は一人でなんとかできるから」

自分の代わりを佐伯さんが必要としないことに安堵《あんど》する。

「本当に無理はしないようにね」

電話が切れると、部屋は急に静かになった。ため息がもれる。弱っている人に当たり前に優しい言葉をかけられる大人らしさが大輔にも欲しい。

大輔の弁当包みを摑《つか》んで床に座る。食欲なんてなかったけれど、薬を飲む前になにか胃に入れなきゃいけない。タッパーをあけると水滴が散った。蓋にふりかけの海苔《のり》がほとんどくっついてしまっていた。箸《はし》の先で少しつついて、体のだるさを理由に取るのを諦《あきら》め、冷えた米を口に入れる。

ベランダからの透明な日差しで部屋がいつもより白っぽい。空が高い。天気がいいことにやっと気づく。

学生の頃、早退をした日を思いだす。両親は共働きだったので、しんとした家で冷たくなったお弁当を食べた。その味がした。教室で食べるのとはまったく違う、飲み込むのに意識を必要とする、妙にすかすかとした心許《こころもと》ない味。

床に散らばる情報誌をめくるとメモが挟まっていた。新刊のタイトルが何冊かメモされている。大輔は見かけによらず本を読む。ローテーブルの下に丸まった靴下が放置されていたので、息を止めてキッチン横の洗濯機のほうへ放る。テーブルの天板には発泡酒の缶を置いたべたつく丸い跡。脱いだままの部屋着、テレビボードの端に煙草《たばこ》のカートン、ベランダには灰皿。あたしのものじゃないだらしない痕跡《こんせき》があちこちにあるのに、あたしはいま、しんと一人でいる。家で食べるお弁当は誰かの不在の味がする。

お弁当はいまいちだった。ぎゅうぎゅうに詰めすぎたご飯は五平餅《ごへいもち》みたいにかたまっていて箸でちぎるようにしなくては取れないし、挽肉と茄子の炒めものは白い脂《あぶら》が浮いていた。ソーセージはしわしわで、茹で卵には塩をふり忘れていた。四分の一も食べずに蓋をしめる。そもそも冷めているのでおいしくない。でも、電子レンジで温める気力もない。大輔の乗っているトラックにレンジがあるはずもないので、いつもこんなものを食べさせていたのかと思うと少し申し訳なくなった。

一緒に暮らしはじめた頃は、食事を作るたびに緊張した。大輔はうまいともまずいとも言わず、せっせと野菜を避《よ》けて食べた。お子さま舌だと侮《あなど》るようになってからは作るのが楽になった。

大輔からはなんの連絡もない。あたしの野菜弁当はどうしただろう、と思いながらスポーツドリンクで薬を飲んでベッドに入る。

——インフルエンザじゃなかった。今日は寝ています。

大輔にメッセージを送り、目をとじた。体の輪郭が熱い痛みでやけにはっきりしている。こめかみがずくんずくんと脈打っている。お弁当のことを訊き忘れた。こんなことも満足にできない。仰向《あおむ》けで横になっていると、悲しくもないのに目尻《めじり》から涙がつたって耳たぶを濡《ぬ》らした。

喉がひりつくほど熱いのに悪寒《おかん》がして眠れない。膝《ひざ》から下が冷え切っている。毎晩、窮屈だなと思っていたベッドの、枕ひとつ分の隙間《すきま》が薄ら寒い。大輔の熱い体は冷えた足を絡《から》ませるのに最適だ。空っぽの枕を嗅《か》ぐと、犬の毛布みたいな匂《にお》いがした。いないのに匂いだけがあるのが心細さをかきたてる。

丸まって布団《ふとん》を頭からかぶってみたが、今度は洗面所の水がぽたぽた落ちる音が耳についた。また、あいつか。蛇口はきっちり締めてって言っているのに。

起きあがり、蛇口を締めると、押入れから湯たんぽを取りだした。湯を沸騰《ふっとう》させて半透明のプラスチックケースにそそぎ、分厚い布のカバーにくるむ。湯たんぽの安定した温《ぬく》もりは懐《なつ》かしい感じがした。放っておけばすぐ冷めてしまう湯も、手厚く包めば半日は持つ。人の気持ちも同じだろうかと考えているうちに眠りに落ちた。

時計のコチコチいう音のクリアさに、熱がひいたのだと気づく。息がしやすい。小さい頃から異様に薬が効く体質だったことを思いだす。

部屋は真っ暗だった。掴んだ携帯電話の光がまぶしい。薄めた目で表示された時間を読み取って驚く。八時間も寝てしまっていた。

部屋の電気を点け、枕元に置いておいたスポーツドリンクを飲む。喉の奥に残る妙な甘さ。半分ほど減っていたので途中で何回か起きたのだろう。まったく覚えていなかった。

ローテーブルの上にはお弁当が昼のまま置かれている。大輔が帰ってきた形跡はなかった。普段は六時くらいには帰っているはずなのに。いつもはあたしのほうが遅くて、接待などで酔って帰ると、大輔はすこし嫌な顔をする。その顔が面白くてつい絡んでしまうと、ますます酔っ払い扱いされる。

メッセージも着信もない。仕事で問題でもあったのだろうか。ベッドに戻ったが、湿っぽくて気持ち悪かったので、汗で濡れた寝間着を脱いで浴室へ行った。軽くシャワーを浴びて、あがるとテレビの音が聞こえた。ホットカーペットに座る見慣れた背中にほっとする。床に転がる靴下は見なかったことにした。

「遅かったね」

大輔がちらりとふり返る。

「風邪どう?」

「病院でもらった薬が効いたっぽい。あと、ちょっとかな」

「寝てていいよ」と背中を向けられる。「晩飯、済ましてきたし」

え、と思う。「ああそう」と言いつつ釈然としない気分で立ち尽くす。確かに、大輔の服から油っぽい匂いがする。かすかなアルコール臭も。ああ、揚げ物は家では作らないもんね。あたしも今日は揚げ物なんか食べられる体調じゃないし。

いや、そういうことじゃない。

服を着る間も大輔はテレビに釘付《くぎづ》けだった。笑い声が空っぽの胃に響く。ドライヤーでごまかそうとしたが、大輔自身の笑い声がかぶさってきて苛立《いらだ》ちが増した。

部屋はひとつしかないのに、この状態で寝ろというのか。

「ねえ」

大輔の後ろに立つ。帽子でぺたんこになった髪の、二つあるつむじがよく目立つ。どっちのつむじから禿《は》げてくるのかなと醒《さ》めた気分で眺めた。

ねえ、の後の沈黙が長かったせいか、大輔がおそるおそるという感じでふりむいた。

「前さ、空気清浄機が動かなくなったとき、大輔、ちょっとしまっておけばいいって言ったよね」

「あ、ああ」

覚えていないのか煮え切らない返事をした。テレビ画面のお笑い芸人を、助けを求めるように横目で見て、また笑った。あたしの声が自然に大きくなる。

「まだしまってるんだけどね、家電ってしまっておけば直るの？　初耳なんだけど。あたしも大輔にとって家電みたいなもんなの？　掃除機？　洗濯機？　放っておけば治るとか思ってる？」

「なに、いきなり」

怪訝《けげん》な顔の大輔を睨みつけながら転がった靴下を蹴《け》る。

「まあ、別になんでもいいけど。今日ね、気づいたんだけど、あたしにとってあんたは家電ですらないわ。せいぜい湯たんぽ程度。だって、あんたがあたしにしてくれることって足を温めてくれることだけなんだよね。優しい言葉をかけてくれるわけでも、病気になったときに看病してくれるわけでも、家事を手伝ってくれるわけでもない。ていうか、むしろ増やしてんだよね。脱いだ靴下、洗濯機に入れろって何回言えばわかるわけ？　人様の脱いだ臭い靴下をなんであたしが毎日拾い集めなきゃいけないのかな。この臭さ尋常じゃないよ、もうね、アルカイダに生物兵器として志願したほうがいいんじゃないってレベルの悪臭だし。テロだから、テロ。湯たんぽにそんな機能いらないから。あと、あたしさ、あんたが風邪で寝込んだとき、いろいろしてあげたよね。お粥《かゆ》作ったり、薬買ってきたり。なのに、なんであんたはなんにもしてくれないのかな。なんで平然と自分だけご飯食べてテレビ見てられんだろって混乱したけど、頭ん中空っぽの湯たんぽだからかと思ったらすごい腑《ふ》に落ちたわ」

一気にそう言うと、息が切れた。大輔はしばらく半びらきの口のまま固まっていたが、ぷいとふてくされたように目をそらすと、「頼んでない」と呟いた。

「はあ？」

「してあげた、とか言われても俺が頼んだわけじゃない。正直、生姜湯《しょうがゆ》とか苦手だし」

頭の中が真っ白になった。ばかばかしくて笑いがもれてくる。

「それは余計なお節介をして申し訳ありませんでした」

深々と頭を下げてやる。

「ぜんぶあたしが勝手にしていることを恩着せがましく言って、さぞ嫌な気分にさせたことでしょう。すみませんね。でもさあ、放っておいて欲しいならそう言えよ。時間の無駄だから。放っておいて欲しいなら一人で生きていけよ。人ん家《ち》転がり込んで当たり前のように自分のルール通すなよ。よくわかりました。もうやめます。もうなにもしません。お望み通り、なにも干渉しない空気のような関係になりましょうか。ただ、空気ならあたし新鮮なものがいいし、毎日換気したいから。澱《よど》んだ空気なんていらないんだよね。だから、そこの臭い靴下持ってさっさとでていけ！」

叫んだら、さすがにくらくらしてよろめいた。

突然、大輔がテレビを消して立ちあがる。でていくのかと思ったら、カーテンを乱暴にめくった。冷たい風が抜けて、ベランダの戸が閉まった。

無視か、と怒鳴りつけたかったが、外でわめくわけにもいかない。

キッチンへ行って、部屋との仕切りの引き戸を勢いよく閉めた。ベランダにまで振動が伝わるようにわざと大きな音をたてて。

暗いキッチンにしゃがんで息を整える。怒りで震える手首を交互に握る。引き戸の隙間から部屋の明かりが線になってもれていた。

大輔が住むようになってからここの戸は閉めていなかった。開けておけば、喋《しゃべ》りながらでも料理ができるから。こうやって、いつでもお互いが見えるところにいたから、無神経な距離にまで慣れ合ってしまったのだろうか。

喉が渇いてきて、冷蔵庫を開けた。昼に買ったグレープフルーツジュースを取ろうとして、雑に詰め込まれたコンビニの袋に気づく。

ひっぱりだそうとすると、点滴袋のようなものがびたんと不吉な音をたてて床に落ちた。こわごわ手に取ると、レトルトの梅粥とコンソメスープだった。あ、と袋の中を見る。ヨーグルトに牛乳プリン。冷凍庫にはアイスもあった。それもぜんぶ果肉入り苺味《いちごあじ》。

なんで苺ばっかり、と思い、地面に散らばった苺飴《あめ》が脳裏をよぎる。はじめて会ったときに恥ずかしい思いをさせられたあの飴のことを大輔は覚えていたのだろうか。苺味が好きだと思ったのだろうか。

罪悪感で息が苦しくなる。

言ってくれればいいのに。なにもかもが言葉足らずだ。

足らないと、あたしが言い過ぎてしまう。

でも、あたしも同じだ。して欲しいことがあるなら、ちゃんと言えばよかった。部屋からはなんの物音もしない。気まずくて、「ごろごろ果実たっぷりいちご」と場違いに陽気な書体が印字されたヨーグルトを手にとる。爪の先で薄い蓋をはがす。プラスチックのスプーンですくい、しゃがんだまま口に入れた。

あまい。あたしはヨーグルトの酸味が好きなのでプレーン派だ。果汁が入ったヨーグルトはゆるすぎる。苺牛乳プリンとか、正直言って食べる気にならない。

冷めたお弁当を前にして、大輔もこんな気持ちになったのだろうか。

ありがたいけれど、ちょっと違う、迷惑といってしまうには申し訳ない好意。

ヨーグルトの人工的な苺の香りは、小さい頃に風邪をひいたときに飲まされたシロップによく似ていた。その嘘《うそ》くさい匂いが嫌いだったのに、母が子どもに大人用の苦い薬を飲ませるのは可哀《かわい》そうだからといつも買ってきてくれた。他人の優しさにはもれなく甘ったるい違和感がまとわりついている。

もう、ひとさじすくう。冷たく頼りない、塊とも液体ともつかないものが喉を落ちていくと、口のなかにざらざらした苺の粒が残った。噛《か》み潰《つぶ》すと涙がこぼれた。すっかり体が冷えきって、熱がまたぶり返しそうだ。

体温計

尾崎世界観

薄目の先でつきとめた原因は予想通りだった。四つん這《ば》いになった福が、苛だたしげに棚を引っ搔き回している。フラフラと身体《からだ》のどこにも軸が無い、いかにも「どうした？　何かあった？」待ちの状態で探し物をしている。「探しものは何ですか？」こんな時、井上陽水なら優しく聞いてあげるのだろう。

相変わらず、プラスチックの何かと何かがぶつかる乾いた音が、寝起きの頭に降ってくる。自分は、正確にはまだ起きていない。ここで起きてしまうと勿体《もったい》ないと思い、きつく目をつむって眠りに帰ろうとする。でも、そうすることで余計に意識が冴《さ》えてしまい、そんなふうに考えることでまた意識が冴えてくる。

ここから先は起きていて、ここから手前は寝ているという線があるとすれば、今まさにその真上にいる。閉じたまぶたの裏側でも、さっきまでと変わらず福の残像がだらしなく手足を動かしている。苛だちからか次第に音は大きくなって、その音を聞いていると、探せば探すほど見つからないような気がするから不思議だ。もしも自分が探し物の立場なら、あんな音で見つけられるのは嫌だ。そんなことを考えているうちにどんどん目が覚めてきて、向こうから人がやってくる気配がした。予想通り、慣れ親しんだ体の重みがのしかかってきて、やけに熱い息を吐いた。

「何がないの？」

聞くと、福が探していたのは体温計だった。

「え、具合悪いの？」

返事も待たず、やっとの思いで体を起こして立ち上がる。記憶を手繰り寄せながら手足を動かしてみる。しばらく探しながら、結局は自分だって、あのプラスチックがぶつかりあう乾いた音を出していることに気が付いた。こんな音に見つけられるのは不本意だろう探し物、キャップの外れた体温計を指でつまんで福に渡した。

不機嫌な表情は体調のせいだけではなさそうで、何かを出すたび「使ったら元の場所に戻しといて」と、口酸《くちず》っぱく言われてきたのを思い出した。女はいつだってそうだ。この家のどこかにあれば、それで良いじゃないか。この家のどこかにあるのなら、探せば出てくるんだから。でも、これを男女の関係に置き換えると大問題だ。何段目の引き出しのどこにしまった。常にそうやって管理されていたら、いつか確実に駄目になる。探せば家のどこかにあるという安心感と、でもそれが家のどこかはわからないという緊張感。そうやって、探したり見つけたりしていないと飽きてしまう。同じ場所に当たり前にある物に魅力を感じ続けるのは難しい。

当然洗濯もされておらず、脱ぎ捨てたままの作業着に袖《そで》を通したら、昨日の疲れが戻ってきたようで体が重たい。帰りに吸った煙草の臭《にお》いはちゃんと染《し》みついていて、マフラーのように首にまとわりつく。

洗面所から戻って、深くうな垂れている福の後ろ姿に何か声をかけなければと思った。言葉はすぐに区切られ、優しさの欠片《かけら》も無い、ましてや愛情にも程遠い、「熱は」という冷たい言葉が出た。

「どうだった？ やっぱり熱はあった？ 今日は無理せずに会社休んでゆっくりしてればいいいんじゃない？」

この中のたった三文字しか言葉に出来ないのに、「熱は」だけでしっかり相手に伝わってしまうことが憎たらしい。せめて「熱は？」と語尾を上げて柔らかく包むことくらいしてやれないものか。福からも似たような素っ気ない返事が返ってきて、それも反射的に打ち返してしまう。

恥ずかしくて、居ても立ってても居られなくなり、弁当を摑んで家を出た。微《かす》かに聞こえた福の声は、ドアが閉まる音でかき消されたけれど、その為《ため》に走ったのだから、それでいい。


ハンドルを握る指先から体の節々まで意識を集中させて、一週間前の痛みを思い出す。痒《かゆ》みにも似た疼《うず》きが関節に溜《た》まって、起き上がるのにも決意が必要だった。それでも無理やり家を出て、会社へたどり着き、こうしてハンドルを握ったのだった。何かを握っていると気が紛れるのは今日も同じで、家に置いてきた福の残像を払うように右足を踏み込めば、加速に合わせて窓の外も忙しそうに流れた。

現場に着いてからも気持ちが晴れず、さっき体温計の液晶画面に映っていた自分の顔を思い出す。こうやって見つければいい。見失っても、その度に探してまた見つければいいのに。そう言いたげな顔をしていた。仮にもし伝染《うつ》してしまったとして、一週間経《た》ってから症状が出るだろうか。気になってiPhoneに打ち込めば、検索画面から膨大な情報が溢《あふ》れる。一番上のサイトを開いて読み進めても、すぐにはっきりしない。～であるけれど～でもある。だから～だけには限らず～にもなる可能性があるので、日頃から万が一に備えておくことが大事だ。こんな調子で要領を得ない。それればかりか、間に挟み込まれているバナー広告をタップしてしまい、更に余計な情報が出てきて混乱する。

「高山《たかやま》さん、風邪って伝染されてから何日で症状出るんですかね？」

「えっ、知らないよ。伝染されたらすぐ出るんじゃないの。でも、テレビでやってたんだけど、体内にウイルスが入ったら自律神経っていうのが何とかしてくれるんだってさ」

「じゃあ、自律神経がなんとかしてくれなかったら、風邪ひくってことですか？」

「そう。たしか、自律神経出張症って言ってた。自律神経も忙しいんだろうな。忙しく飛びまわって色んな所いかなきゃいけないから。俺たちと一緒だな」

定年を過ぎ、嘱託として主にガラ出しと呼ばれる廃材や梱包材《こんぽうざい》を運ぶ作業を受け持っている高山さんは、日に焼けた真っ黒な顔をしわくちゃにして、黄ばんだ歯を見せて笑った。

自律神経が出張するってどういうことだろう。体の神経関係にも色々あって、例えば自律神経である交感神経と副交感神経が夫婦で、出張続きの交感神経に副交感神経がこう詰め寄る。

「あなた、最近出張ばかりじゃない。少しはウイルスが入って来たときのことも考えてよ。あなたが居てくれないと……私だけで守れるわけないじゃない。そうだ……浮気してるんでしょ。そうに違いないわ。そうだ……相手は……体温ね……どうりで最近、寒くて仕方がないわけだわ」

どうでもいいことを考えて気をまぎらわせようとしたけれど、どうでもいいことを考えても、どうでもよくないことが浮き彫りになるだけだった。

いくつか小さい現場をこなしただけで、あっという間に昼休みになり、力を持て余して事務所に戻った。なんだか労働からも非難されているようで、勢いに任せて乱雑に弁当の包みを解く。すると、いつもと中身が違う。ゴッゴッした岩のような野菜が、暴力的な色彩を放ってゴロンとしている。子供の頃から野菜が嫌いで、その事でいつも窮屈な思いをしてきた。

給食で出た料理から人参、キャベツ、ピーマン、玉ねぎ等を器用に箸でつまんで避けていく技は、高学年になる頃には職人芸の域に達していて、先生ももう怒るのを忘れて「たいしたもんだな」と感心していた。箸でつまむこともできない程の大きな野菜が、弁当箱を埋め尽くしている。怒りにまかせ、半ばヤケ糞《くそ》になって手摑みで齧《かじ》ったけれど、息を止めるのは忘れなかった。歯と歯の間で飛び散るブロッコリーの断片を、舌の上に乗せたままどうすることもできず途方に暮れる。覚悟を決めて飲みくだしたら、異物感が食道で一本の線になって、立ちのぼってくる臭いにむせた。こんな物を食っていたら体の中が綺麗《きれい》になってしまう。労働のど真ん中で、真っ昼間からこんな物を食う神経を疑う。これも職種に関係があるのだろうか。朝早くから顔や作業着、爪の間を真っ黒にしている自分だから、そう思うのだろうか。昼時になると無性に体に悪いものが食べたくなるのは、同じように体の内側も汚してしまおうとしているのかもしれない。

ウィンナーの先端でこそぎ落としたポテトサラダごと口に放り込み、弁当箱の蓋を閉めて立ち上がる。物足りなさを誤魔化すため、煙草に火をつけたところで、福からメールが届いた。そっけない文面を見て、今まで一度も病気で仕事を休んだ事がないと、憎しみを込めて威嚇《いかく》するように言い放つあの横顔を思い出した。昔スポーツニュースで見た、連続試合出場記録が途切れた野球選手の、あの迷子のような表情。今頃、家で寝ている福もあんな顔をしているのだろうか。

午後も拍子抜けする程にあっさりとしていて、何度も休憩を挟んでは、時間を持て余した。スカスカの荷台をカタカタ鳴らしながら、日が傾き始めた街を走る。普段よりも早い時間のせいか、すぐに事務所に着いてしまった。

「暇だから今日はもうあがろ。飲み行く？　もちろん割り勘で」

どうにも気乗りしないのは、相手が他弁だからという理由だけではない。首筋に、当たる福のあの熱い息を思い出して、また気が重くなる。その全《すべ》てを投げつけるように他弁の背中を見据えた。

「割り勘ですか？　タダでもキツイのに……」

駅までの道中、普段は気にも留めなかった建物が目に付いた。ところどころがヒビ割れた生成りの壁に囲まれている、厚ぼったいガラス戸の奥を覗きこんだ。中から漏れる光がガラスにほどこされた模様に沿って反射していて、カーテンの役割を果たしている。郵便受けのような箱形の看板には大きく「坪井内科」の文字と、その下には診療時間、休診日が記されている。

なんとなく触れた扉は、見るよりも軽く、さらに手で押すとあっけなく開いた。受付で必要な手続きを済ませて、受け取った体温計を脇に差し込めば、一週間前の記憶が蘇《よみがえ》る。まるで「お前、大したことないな」と言われているようで、思ったよりも低い数字を示している液晶画面が憎たらしかった。今回は当然、その時よりもさらに低い。受付に体温計を返したら、後は退屈な待ち時間になった。コの字に設置された長椅子《ながいす》には、乳幼児を抱いた母親、制服の女子高生、スーツ姿のＯＬ、腰の曲がった老夫婦、それぞれが絶妙な間隔で点在している。乳幼児を避けて、壁際《かべぎわ》に詰めている大人しそうなＯＬの横に座った。ラックに並べられた週刊誌には、読んだら負けだと思わせる程の大きさで病院名が書いてある。煙草を吸うわけにもいかず、ｉＰｈｏｎｅを取り出してアプリに触れると、馴染《なじ》みのあるサイトへ飛んだ。

小野寺《おのでら》さんとは学生の頃に、アルバイト先の仲間の紹介で知り合った。当時から劇団に所属していた小野寺さんは、切れ長の目に大きな口、声が大きくて背も高く、常に自信に満ち溢れていた。

「ほら、私って上昇志向の塊だから」が口癖で、何度か二人きりで会っているうちに、一度だけヤらせてくれた。それはセックスをしたというより、まさしくヤらせてくれたという感じの、一方的な交わりだった。数年経った今でもこうして、時々思い出したように小野寺さんの近況を確認している。一日に何度も更新されるブログは、どれも決まって極端な寄りの自撮り写真で締めくくられる。今日は楽しく飲んで酔っ払ったけれど、明日はずっと前から楽しみにしていた大事な仕事があるから泣く泣く先に帰った。そんな投稿の翌日には、再現ＶＴＲの撮影を報告する投稿が続く。劇団仲間と何人かで立ち上げたアパレルブランドはとても胡散臭《うさんくさ》い。「今日は秋冬シーズンの企画会議」という投稿に添付された写真では、あの頃と同じ何人かの劇団仲間がファミレスのテーブルで少しくたびれた笑顔を見せていた。きっと意地とプライドも一緒に歳を重ね、少しずつ大人になっていったんだろう。恥ずかしながら、こうして自分よりも痛い奴《やつ》をあざ笑うことで平常心を保っている。「ついにＣＭ出演！」という投稿を見つけては、それが山陰地方限定のローカルＣＭだと知って安心する。とにかく、暇つぶしには丁度いい。

「ほら、私って上昇志向の塊だから」

何の疑いもなく、まっすぐに言い放つ小野寺さんを思い出した。

「どうしました？」

「風邪をひいたみたいで……」

「じゃあ服をまくってください」

診察室には、初老の男性医師が一人ぽつんと座っている。小さくて、おばさんみたいな顔のおじさんが、むすっとした表情を崩さず続ける。

「あぁ、風邪ですね」

たとえそれが嘘だとしても、そう診断されてしまうとなんだか身体が重たくなってくる。べつに何ともないのに、罪滅ぼしのような気持ちで診察を受けた。それなのに風邪だと診断される。これでおあいこだ。でも、これだからやっぱり医者は信用出来ない。

ペタペタと移動する冷たい聴診器を上半身で受け止めながら、服をまくりあげたままの体勢で先生に言葉を返す。

「本当は風邪ひいてないです」

一瞬、むすっとした顔がギョッとした顔に変わるのを見逃さなかった。先生は怒りを押し殺した口調で「インフルエンザの検査は？」と続ける。

「インフルエンザの検査は大丈夫です。これ以上無駄な出費は避けたいし」

「じゃあお土産に薬でも出しときますか？」

そう言って、最後は意地悪く笑ってくれた。

駅前は帰宅ラッシュと買い物客とで混雑している。人混みを避けて歩いているうちに、人気《ひとけ》のない串揚《くしあ》げ屋が目に留まり、自分が空腹であることに気がついた。同時にあの茹で野菜も思い出してしまい、ますます何かを新しく胃に入れたくなった。看板にぶら下がった縁色の電飾が、目の中で躍る。店内は思ったよりも広く、比較的小綺麗な白いテーブルに対し、皮が剝けてスポンジが飛び出した貧相な丸椅子が印象的だ。串揚げは良い。何を頼んでも一緒だ。衣に巻かれて、ソースに濡れて、口に入れてしまえばほとんどが同じ味になる。牛、豚、じゃがいも、ニンニク、ウィンナー、うずら、もち、大量に注文して、次から次へ齧りつく。やっぱりこんな日は串揚げに限る。今頃どうしているだろう。もっと何かしてやれることはなかったか。せめて一人にしてやろう。今の自分にできることはそれだけだ。何を考えても一緒、言葉だって、口の中に入れておけば誰も傷つけない。

やがてビールがハイボールになった辺りで店が活気づいて、どのテーブルも串揚げまみれだ。油とソースでヌルヌルになった口の周りを、既にヌルヌルになった状態の舌先で拭《ぬぐ》う。血で血を洗うように、ヌルヌルでヌルヌルを拭う。皮膚に衣のカスが突き刺さって、チクリと心地いい。潰すべき時間より先に、すっかり腹が膨れてしまった。そろそろ帰るか、のそろそろが見つからず、口だけが忙しい。さっきから手つかずのボウルに入ったキャベツは、テーブルの上で食べられるのをじっと待っている。いつだってそうだ。「お代わり自由」に限って、マズくて食えない。

福からの連絡は、あれから無い。

「探しものは何ですか？」

何を買って良いかがわからず、コンビニの棚の前で途方に暮れている。せめて福の好きな物を、と思い、また途方に暮れる。まさか無気力な高校生アルバイトに尋ねるわけにもいかず、当てずっぽうで手を伸ばした。自信の無さをそのままカサカサぶら下げて、わざとゆっくり歩いた。


玄関を上がってすぐ左、浴室から水の音が聞こえる。ビニール袋を冷蔵庫に突っ込んで、立ったままテレビの電源を入れた。あてもなく「1」から「12」までを行ったり来たりしていると、浴室から足音がして、急いで体勢を整えた。できる限り自然な状態を装《よそお》って、背中で福を迎える。

後ろから聞こえた声は、たとえ怒気をはらんでいても福のものに違いなかった。振り向いて声を返す。心配しているということ、気を使って時間を潰して、夕飯も外で済ませてきたこと、それらを自分なりに精一杯伝えようとしても、やっぱり言葉が足りない。そして、足りないなりに最低限の言葉にはなってしまうから良くない。

「こっちだってそれなりに考えてるんだけど」と余計な言葉から真っ先に伝わっていく。

原因を突き止めても、もう後の祭りだ。

さっきからずっと、バラエティ番組の音声がその場を繋《つな》いでいる。

「それ、相当馬鹿な女やなぁ……その女……無いわぁ」

不意に声を出して笑ってしまう。司会者の芸人を恨む暇もなく、頭上から呼ばれた。

噴きこぼれる程とめどない福の言葉に、とりとめのない言葉を返す。それは、怒りに対してくべる薪《まき》のよう。さらに燃え上がる火を前に、もうなすすべもない。

福がひとしきり吠《ほ》えた後、タイミングを見計らってベランダに出て、噛むように吸った。フィルターからソースの匂いがする。煙草が灰になってしまうと、急に居場所がなくなって困る。戻るタイミングが見つからない。こんな時、せめて雨でも降ってくれれば良いのに。雲ひとつ無い不気味な空は、よく見るとところどころ小さな光で汚れている。

窓ガラス越しにリビングを覗いても、さっき居た場所に福は居ない。その時確かに、当たり前にあるものがそこに無い不安を感じた。でも大丈夫だ。この家のどこかには必ずある。

「探しものは何ですか？」

「見つけにくいものですか?」

それは恥ずかしくなるくらい見つけやすいもので、だからこそ難しい。そもそも、最初から探す必要なんてないのだから。

居た。こうやって探せばすぐに必ず見つかる。

床に座り込んで、泣きながらヨーグルトをすくっている福を抱き寄せた。福の手からヨーグルトのカップが落ちて床を汚す。よくドラマで見る、ベタなワンシーンのようだ。こういう時は意外とベタな方に身をゆだねるんだよなとか、この後床を掃除するのはどっちだろうとか、そんなことを考えながら、顔を寄せて口をつけた。

体温計じゃないから正確な温度はわからないけれど、福の口の中は、甘くて熱かった。

間奏　千早茜

夜のスーパーは鉄臭い汗のにおいが充満していた。

入ってすぐの菓子パンや飲料水のラックに、塾や部活動帰りの男子高校生が群がっている。黄色い買い物かごを盾のようにして、馬鹿《ばか》騒ぎをする奴《やつ》らに道をあけさせ、奥の生鮮食品コーナーへ向かう。

一日中ヒールを履き続けた足がだるい。わざわざまわり道をして寄ったのに、特売コーナーにはくたびれた小松菜しか残っていない。高校の頃に見ていたドラマの主題歌が、なぜかインストゥルメンタルで流れている。ここの有線はいつもそうだ。音程だけなぞった曲は、棚を埋めつくすインスタント食品のように味気ない。

豆腐が安い。今日は麻婆《マーボー》豆腐にしよう。簡単で、手早くできるし、野菜嫌いのあいつも食べられる。薄赤い肉コーナーの前で痩《や》せた店員がしゃがんでいて、機械的な動きで値引きシールを貼《は》っていた。プリンというにはカラメルが多すぎるパサついた髪を上から眺めながら、爪先《つまさき》立ちで豚挽肉《ぶたひきにく》のパックを取る。プリン店員はちらっとこちらを見て、頼んだわけでもないのにあたしの手の中のパックに値引きシールを貼りつけた。ぐにっと表面のラップがゆがみ、挽肉がかすかにくぼむ。そいつの伸びすぎた爪を見て、得をしたのか、損をしたのかわからなくなる。おまけに、パックの裏のくちゃくちゃになったラップが濡《ぬ》れている。なんの汁だよと気持ちが悪くなった。でも、プリン店員の前で戻すわけにもいかない。白い脂肪の塊が混じった、嘘《うそ》くさい赤色の肉を見つめる。

いつの間にか手に取っていたこの生活もいまさらもう戻せない。値引きシールを素知らぬ顔ではがして、切ったり焼いたり煮たりしてなんとか呑《の》み込んで暮らしている。わざと優しい声で「ただいま。お腹《なか》すいた？」と聞いたり、音をたててスーパーの袋を置いて不機嫌さを演出したり、少ないレパートリーをまわして献立のようにその日の態度を変えながら、飽きられないようにやり過ごしていく日々。

かたちだけそれっぽくパッキングされた生活の賞味期限をどこかでこっそり探している。ひっぱって伸ばされたラップの裏側を、あたしはいつまで見ないようにしていられるだろう。

バーコードを読む機械音が残り時間をカウントしているみたいに響く。

「ポイントカードはお持ちですかあ」

覇気のない店員に、プラスチックのカードを無言で渡す。レジを通るたび、わかりやすく増えていくポイントは退屈で、ほんのすこし、うらやましい。

第四回

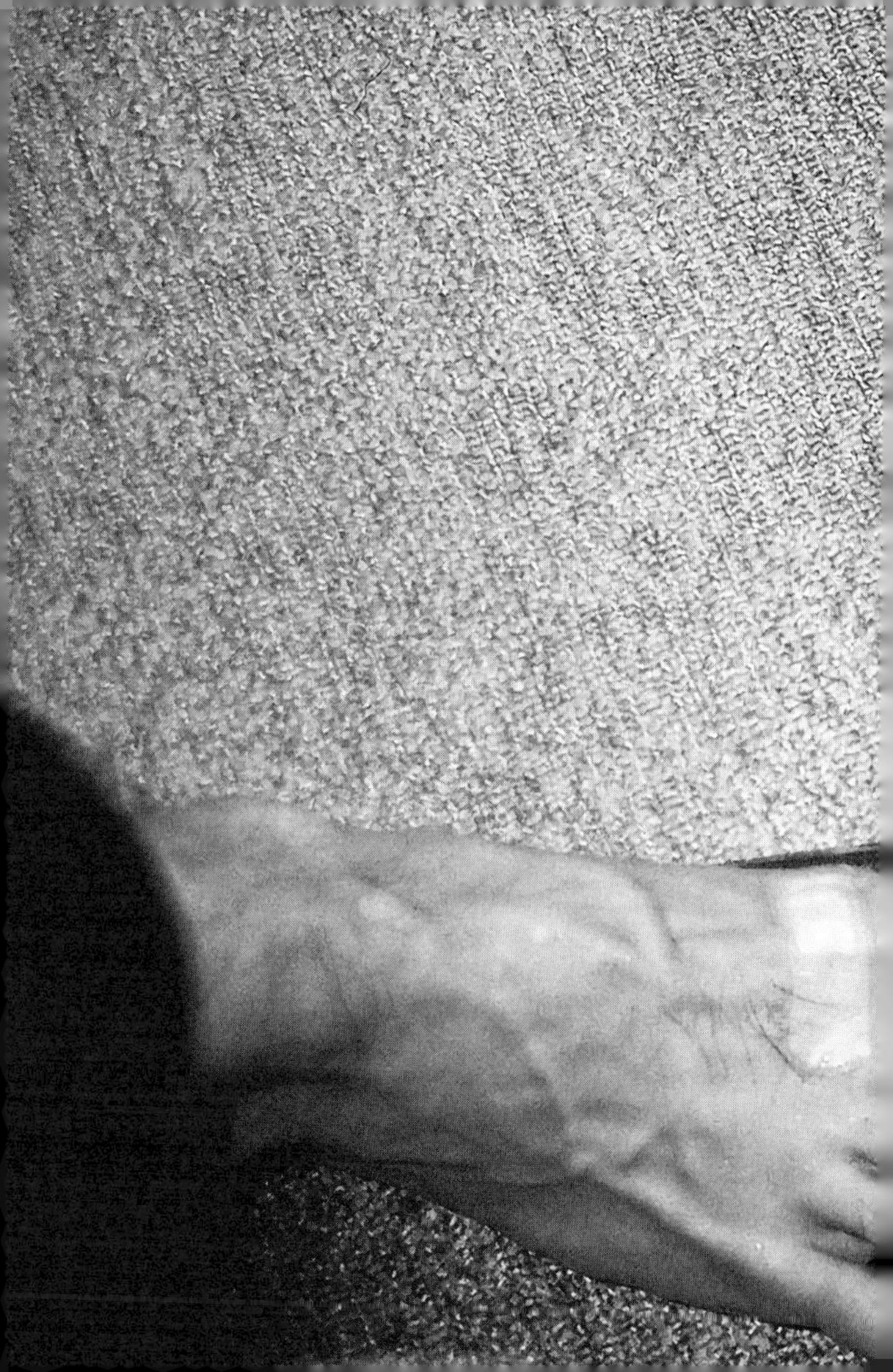

テトリスjr.

尾崎世界観

弟の京輔《きょうすけ》から電話がかかって来たのは一昨日《おととい》の夜で、結婚を前提に同棲《どうせい》しているカップル向けのちょうどいい保険があるから、話だけでも聞いて欲しいと頼まれた。間の悪い事に、将来について詰められたのがきっかけで大喧嘩《おおげんか》をしてから二日間、福とは一言も口を利《き》いていなかった。久しぶりの会話が、結婚を前提に同棲しているカップル向けの保険の営業についてだったら、今度は殴り合いになるかもしれない。なので、営業の仕事をしている弟の為《ため》に話だけでも聞いて貰《もら》えないかと、細かい部分は省いて説明した。それをきっかけにぎこちなく会話が再開されたものの、かと言って他に伝えたい事もなく、淡々と時間は過ぎた。

今日は代休だったので、昼過ぎに起きて、昼食はインスタントラーメンで済ませた。流し台で手早く洗い物を済ませる。丼《どんぶり》、箸《はし》、グラス、これらを洗っただけで立派にやり遂げた気持ちになるから不思議だ。洗い物なんて他人の仕事だと思っているから、やったら必ず、何かとてつもなく良い事をした気分になる。これをすればもっと早く乾く、あれを使えばもっと綺麗《きれい》になる、そんな物に興味はない。

競馬や競輪のウィニングランに感じるのと同じで、ゴールしたのならもうそれで良いのにと思う。カッコつけてウィニングランをしてる暇があったら、その分ダラダラ寝っ転がっていたい。

せめて何か着ようとクローゼットを開けた。首を突っ込んだら思ったよりもスペースがあり、つい出来心から中に入って腰をおろしてみる。カビ臭い熱気が肌にまとわりつく。季節外れの家電と肩を並べてみると、思いのほか収まりが良い。軽く握りこぶしで叩《たた》くと、壁がコンと鳴って、まるで歓迎されているみたいで安心した。

薄闇《うすやみ》に浮かぶ電気ストーブを抱きしめてみる。胸に押し当てると金具が頼りない音でキッと鳴って、ひんやりと冷たい。冬の間あんなに暖かかったのが嘘《うそ》のように、今は随分他人行儀だ。

狭いクローゼットの中では、自分の体の中の音が良く聞こえる。乾いた口からかき集めた唾《つば》は舌の裏側でいやらしく鳴り、吸い込んだ空気は鼻の奥に届くまでに出来の悪い笛みたいに鳴った。

埃《ほこり》臭い空気を吸って、熱い息を吐く。意識的に耳を澄ませば、体全体が時計のリズムで波打っているのがわかった。

隙間《すきま》から入り込むこの光が外の世界だとすれば、中からは逆に暗闇が漏れているということになる。暗闇は簡単に光に吸い込まれる。闇の中に居れば光を感じるのに、その逆が無いのは不公平だ。

扉中央の縦長に空いた隙間から、部屋の様子を覗《のぞ》く。細長く切り取られた不自由な視界のせいで、見慣れた部屋全体がかえって新鮮に映った。自分が散らかしたはずのテーブルの上も、何だか良い感じの映画セットみたいで、見ていて飽きない。

iPhoneのホームボタンを押し、辺りに不健康な明かりを撒《ま》き散らしながら、四桁《けた》の数字を打ち込んだ。約束の時間まではまだだいぶある。

電源ボタンを押してスリープにすれば真っ黒になった画面がつるりと光る。すっかりさっきまでの薄闇の中に戻った。もう電気ストーブにはなんの感慨もなく、ただ鬱《うっ》陶《とう》しさだけがあった。

鍵《かぎ》が差し込まれる。シリンダーが回転する音に合わせてロックが外れ、ドアノブ、靴、フローリング、それぞれが順番に鳴る。しばらくすると、音の中から福が現れた。カーペットの上にカバンを放り投げ、郵便物のいくつかを握り潰《つぶ》してゴミ箱に捨てた。そして冷蔵庫を開けたかと思えば、摑《つか》んだペットボトルに直接口を付けて喉《のど》を鳴らす。冷蔵庫を閉め、フローリングに直《じか》に座る。傍には緑茶の二リットルペットボトルを転がしていて、時々思い出したようにまたそれに口を付けた。それは、福に散々言われてきて、最近ようやく直りはじめた自分の悪い癖だった。

ストッキングを脱いで裸足《はだし》になったのにもかかわらず、なぜかジャケットは着たままだ。戸を開けてベランダに出て行く所までは見えたけれど、そこから先は音に頼った。

聞きなれた音に驚いて心臓の辺りが痛んだ。気のせいだと思い直した途端、嗅《か》ぎなれた煙草《たばこ》の臭《にお》いが流れてくる。吸い込んだ分だけ灰になる先端の赤が、見ていなくてもすぐに頭に浮かぶ。ベランダに吹き付ける風に灰が舞い、それを手で払う時の煩《わずら》わしさまでセットで思いだした。

戸が閉まる瞬間、レールの音を追いかけてきた風が、ひゅっとその隙間に吸い込まれる。辺りは急に静かになって、嫌な臭いだけが残った。家で吸う時はベランダに出るという決まりに従い、あらかじめ室外機の上に煙草一箱と灰皿を並べてある。こうして減っていた中身にも気づかず、節約の為、真剣に禁煙を考えていた事が馬鹿《ばか》らしくなる。気づけば汗で張り付いたトランクスが床を濡《ぬ》らしていて、腰を浮かせたら、尻の辺りに涼しい風が吹いた。

視界に戻って来た福は、カーペットに寝転んでiPhoneを弄《いじ》っている。しばらくすると、それを耳に押し当てて会話を始めた。

「もしもし、ごめんね。大丈夫だよ、こっちは。なんかアレがどうしてもって言うから、今日は早く帰って来た。最近また喧嘩してて、もう会話するのも嫌でしょうがなくて……そっちはどう?」

「子供が可愛《かわい》いって、当たり前だけど救いだね。それって最後の安全装置みたいなもんでしょう。でも、向こうも向こうで可愛くなかったら生きていけないけどね。子供って親に可愛いと思わせさえすれば何とかなるけど、逆に、可愛いと思って貰えなかったら終わりだもんね。親に放ったらかしにされて、パチンコ行かれちゃったりするじゃん」

「でも旦那《だんな》さんはさ、ちゃんと責任を負った上で家庭を作ってんだから偉いよね。それ位の距離感がちょうどいいんじゃない？　家のことも最低限やってくれるんなら、ぜんぜん問題ないと思うけどね。その点、こっちはペット飼ってるみたいなもんだからね。先のことは考えずに、餌《えさ》だけ貰ってその日その日を生き抜くみたいな。しかも全然可愛くないからね」

「だってさ、想像してみてよ。可愛くない子供のオムツ替えるのって嫌でしょ？　それでも子供だから成長するじゃん？　こっちはもう完全に成長止まってるからね。むしろ肉体的にも精神的にもどんどん退化して行ってるから。便器にこびり付いたアレのアレを掃除する時の虚《むな》しさと言ったらもう」

「また連絡するね。お互い育児頑張ろう。ありがとうねー。あぁ、ありがとうねーって、語尾伸ばしたりしたの久しぶりだわ。この感じ。なんかもう、それだけで嬉《うれ》しいわ」

左脇《ひだりわき》から、一筋汗が流れた。すでに腹の周りには、小さな水たまりが出来ている。よっぽど楽しかったのだろう。電話が終わっても、福はまだ薄ら笑いを浮かべている。脱ぎ捨てたストッキングを一瞥《いちべつ》してから、突然神妙な顔つきでｉＰｈｏｎｅを手に取った。

その時、太ももの上に置いていたｉＰｈｏｎｅが突然低く唸《うな》った。振動音が福にも聞こえてしまいそうで、慌《あわ》てて摑み、両手で覆《おお》い隠す。

ｉＰｈｏｎｅはいつまでも、一定のリズムで振動をしながら、手のひらで小刻みに暴れている。それにしても長い。何かを訴えるような、執念や憎しみを感じさせる切実な震えが、鳴り止《や》まない。福は、じっと一点を見つめたまま固まっている。

昔たまに遊んでいたどうでも良い女の番号は暗記しているのに、福の番号はまだ覚えていない。あの頃は支払いを滞納して、よく電話を止められていた。駅の改札横に立って、公衆電話に何度も女の番号を打ち込むうちに、いつの間にか記憶してしまった。一方、福の番号は複雑で、語呂《ごろ》合わせすら出来ない。

振動が止んで画面の明かりが落ちても、まだ手のひらはじんわり熱い。さっきまでの振動と同じリズムで、体の中の何かが収縮しているような気がする。福はまた忙しそうにiPhoneの画面を叩き始めた。すぐに自分の手元が震えて、画面上部に福からのメッセージが表示される。少し間を空けて、もう一度、追いかけるように震えた。

通知とともに内容の前半何文字かが画面上部に表示されるこのシステム。最近はこの時点でもう内容が全《すべ》て表示されてしまう。それだけ、短文でしかやり取りをしていないということだ。

「まだ」「どこ」そっけない文に、頭の中で「?」を付け足してから返信を打ち込む。

「まだ」「外」意味もなく釣られて、二つに分けて送った。

「は」「もう時間なのにどうすんの」すぐに振動が追いかけてくる。相変わらず、頭の中でわざわざ「?」を付け足している自分がもどかしい。こんな事をしているから、追いつかれてしまう。そもそも、何で逃げてるのかもわからないけれど。

「ごめん」「先やってて」打ちながら、先にやっているのはどっちだと思う。クローゼットの隙間から覗く見慣れたはずの福は、まるで他人のように視線を寄せつけない。

福はiPhoneを置き去りにして玄関の方へ行ってしまい、それ以来返信が途絶えた。乱暴に何かを放り投げたり、積み上げたり、棘《とげ》のある音が不規則なリズムで続く。片付けているというより、散らかしているようで、聞いているだけで疲れる。

修学旅行で泊まったビジネスホテルで、客室清掃を見た時の事を思い出す。扉を開けてすぐに、ユニットバスの前でバケツを手に腰をかがめた中年女性と目が合う。床には洗剤やスポンジが散乱していて、その奥で剝《は》ぎ取られたシーツが団子になっている。薄ピンクの、人工的で毒々しいゴム手袋をはめた手で追い払う仕草をした中年女性は、最後まで一言も発しなかった。

夕食の時間、食堂に集まった同級生達が興奮した様子で室内のあれこれを話している間も、どこか冷めた気持ちだった。同部屋の友人もあのゴム手袋を見ていたのに、なぜか楽しそうにその輪に加わっていた。部屋に戻ってから見た、締め付けるようにピンと張ったシーツは、とても不潔に見えた。

視界の外から相変わらず、福が出す不快な音が聞こえてくる。整理整頓《せいとん》の過程は、こんなにも汚い。

熱がこもったクローゼットはサウナのようで、体力の消耗をはっきり感じる。もうこの状況にもすっかり慣れてしまって、だんだん飽きてきた。新鮮味はとうに薄れ、視界の悪さ、温度と湿度、埃っぽい空気、不満を挙げればきりがない。両手を使って額の汗を拭《ぬぐ》い、肩や腹に塗りつける。濡れた部分に息を吹きかければ、即席の扇風機になった。口をすぼめて体中のあちこちに息を吐き出すこの間抜けな姿は、誰にも見られたくない。

インターホンが鳴り、玄関でのぎこちないやりとりを経て、リビングへ入ってきた京輔が座椅子《ざいす》に腰を下ろした。体重をかけすぎると背もたれが百八十度に倒れる事を彼はまだ知らないけれど、今の所その心配はない。そんな事よりも、ローテーブルに置かれたグラスの中身が気になる。あれがさっきのペットボトルのものならば、色んな意味で複雑だ。そんなことも知らずに、何度もグラスに口をつけてはチビチビと飲む、京輔の癖が懐かしい。

「今は家の中に入る事ですら至難の業で、契約なんてもはや幻ですよ。何件取れたかじゃなくて、何軒中に入れたかまで査定されるなんて地獄ですよね」

先に口を開いた京輔が張り詰めていた空気に穴を空けた。さっきまでの緊張感に、多少なりとも自分が安心していたと気づいたのはこの時だ。自分の知り合い同士が、自分の居ない所で勝手に距離を縮める事への違和感の正体は、嫉妬《しっと》だ。こんな時いつも、初めから自分の存在など必要なかったのではないかと、一人弾《はじ》かれたような淋《さび》しさを感じる。その後もやり取りは続き、すでに二人のリズムが生まれつつあった。

「あいつ最近どうですか？」

もしも会話に詰まった時の為に、切り札としてこの質問を用意していたのだろう。ある程度打ち解けた今となってはもう必要ないけれど、とりあえずといった感じで、京輔が投げやりに尋ねた。

「確かにそういうとこありますね。先にやっておけば良いのに、何も考えずに全部後回しにして逃げるから、結局最後に一番酷《ひど》い状況になって後悔することになるんですよ。あいつ野菜食えないじゃないですか？　それで小学校の給食をいつも時間内に食い切れなくて。その時の担任が厳しかったから、全部食べ終わるまで許さないってなって。昼飯食ってすぐに教室の掃除があるんですけど、あいつみんなが机を後ろに下げて掃除してる間も、ずっと埃が舞うなか給食を見つめてて。掃除が終わったらまた机が戻されるんだけど、一人でそうやって移動してるから、テトリスっていうあだ名で呼ばれてて。そのせいで、俺のあだ名、テトリスJr.でしたからね」

頼まれてもいないのにベラベラと余計な話をする京輔は楽しそうだ。いくら営業で鍛えられているとは言え、相変わらずの口ぶりに感心してしまう。それからも、まるで被害者の会のような会話が続く。好きな物が同じよりも、嫌いな物が同じ方が盛り上がるのは何故《なぜ》だろう。眉間《みけん》にシワを寄せて話す二人は、やっぱりなんだか楽しそうだ。「クズが服着て歩いてるみたいな人」話の流れで福に言われて、服すら着ていない今の状況がおかしかった。またた。強烈な口の渇きを感じて舌を動かせば、張り付いた唇がバリバリ音を立てて引っ張られる。舌先で口内をまさぐり、かき集めた唾を飲み込む。そうまでしたのに、あまりにも少なくて、すぐに喉のどこかで消えてしまう。

「秘書ってなんかエロいですよね。上司の机の下から顔出してるイメージが強くてどうしても変な想像しちゃうけど、実際はどんな事してんですか?」

何気ない軽口を叩いた京輔の顔が、福の言葉を聞きながらゆっくり曇っていった。まるで鏡のように、今の自分の表情をそっくりそのまま京輔に見て、改めて血の繋《つな》がりを感じる。

爆《は》ぜた怒りで、知らなかったという驚きと寂しさを隠す。奥歯を噛《か》み、拳《こぶし》を握って、まともに話した事もないあのおっさんに怒りをぶつけても、ただの八つ当たりになってしまう。それすらも怒りで塗り潰して、鞭《むち》打つように、また奥歯を噛みしめる。でも最後に残ったのは、「やっぱり秘書ってエロいんだ」という気の抜けたものだった。

おっさんに気に入られ、求められ、実際に触れられた福の体がそこにある。最近では何とも思わなくなったその体にまだ積極的に触れられていた頃を思い出す。あまりにも触れることに慣れて、いつのまにか福の体内にすっぽり収まってしまうあの感覚を。今は久しぶりに外からこうして福を見ている。福の話の中のそのおっさんは、やけに生々しくて良い。彼が福に受け入れられなかったその全てを、今自分は持っている。そんな充足感で心が満たされた。押入れに眠った古道具に思わぬ値打ちがついた気分で、頬が緩む。

ネットオークションでは、一つでも入札が多い商品に惹《ひ》かれる。自分以外の誰かが求めている、その数が多ければ多いほど、よりその商品が欲しくなる。心より体の方が素直で、気づけばあぐらの真ん中で性欲が起き上がっている。

「それ兄ちゃんには言ってるんですよね？」

思わず口をついて出たのだろう。京輔にも動揺が見て取れる。その懐かしい呼び方に、一瞬まるい気持ちにさせられ、すぐ我に返った。聞いてない。中には知らない方が良い事もあるけれど、これは知っておかなければいけない事だ。初めて福に会ったあの日、おっさんにも会っている。出来る上司と従順な部下。そうに見えたあの関係が、時間の流れとともにどう変わって行ったのか。信頼なんかするから裏切られる。勝手に作り上げた理想像に寄りかかっていた福にもいくらか責任はあるのかもしれない。

自分と福との関係は、ズルズルと慣れや諦《あきら》めを塗り重ねて、厚ぼったく不細工に肥大していった。出会った当初と比べると、ずいぶん楽に何気ない会話が出来るようになった。でも、それと同時に何気ない会話しか出来なくなってしまった。言わなくても伝わる、なんて嘘だ。言わなければ伝わらないと改めて思い知った。できればこのまま、難しく考えずに馬鹿でいたい。そうでもしなければ、本当に馬鹿になってしまいそうで怖い。馬鹿にならない為に、馬鹿でいたい。最近、福に対して食えない部分が増えてきた。残した野菜はとっくに腐っている。それでも、箸で避《よ》けながら、何とか食える部分を探す。これでは、テトリス時代と大して変わらない。時間が過ぎて物事が動き出すのをただ待っているだけだ。

「でも訴えたら勝てるんじゃないですか？　それで金ひっぱったらいいのに。あいつも仕事してるんだし、今こそ男になるチャンスじゃないですか。この事はこの先も言わないつもりですか？」

今聞いた。そして、目が合った。一通り話し終えてわざとらしく大きなため息を吐《つ》きながら、福がこっちを見ている。二つの黒目が、確実にクローゼットの中を捉《とら》えている。その時、鼻先でクローゼットの扉が微《かす》かに開いているのに気がついた。確かに閉まっていたはずだ。ここに入った時、扉が閉まる音をはっきりと聞いた。それなのに、今は開いている。ニヤリと笑った福が、京輔に向き直って続きを話し始めた。いつからバレていたのだろう。

こんな時でも、一番手前にあるのは羞恥心《しゅうちしん》だ。そして一番奥にあるものも同じだ。

いつも決して正面から向き合おうとせず、放っておいたらこんなにも膨れあがっていた。今更熱くなってぶつかるのは恥ずかしい。かと言って、開き直るのは、もっと恥ずかしい。どこを向いても恥ずかしいという感情に絡《から》めとられてしまう。まるで、狭い箱の中に閉じ込められたような閉塞感《へいそくかん》だ。居《い》た堪《たま》れなくて、口の開いたダンボールから長袖《ながそで》のシャツを引っ張り出す。音を立てないよう注意しながらして着てみると、ザラついた布が汗まみれの肌に張りついた。福はまだ何か言っている。それに対する京輔の相づちの頻度がどんどん減ってきている。

昔からそうだ。京輔は会話に飽きてくるとひたすらに「まぁね」を連発する。

それにしても不思議だ。覗きに夢中になっているうちに、手で扉に触れて開けてしまったのかもしれない。でも今となっては、もうどうでもいいことだ。このクローゼットに入った時に、叩いたこぶしで聞いたあの歓迎の音が懐かしい。間抜けで軽いあの音は、今の自分によく似ている。扉の隙間から入り込んでいた光の線が太くなっていることに、今ごろになって気づいた。そして、それよりもっと大事な事に気づいてしまいそうで、面倒くさい。もう一度福がこっちを見た。それでもなんとかなってしまうだろう。今までだってそうだった。何があっても、この生活はダラダラと続くはずだ。

「まぁね」

京輔が面倒くさそうに呟《つぶや》いた。

古い鍋

千早茜

終電で帰る晩、大輔はいつも寝ている。

アパートの暗い廊下をのろのろと歩き、重い体をもたせかけるようにして玄関のドアを開くと、蛍光灯の暴力的なまぶしさが疲れた視界を白く染めぬく。テレビの音におやっと思う。

けれど、部屋を見まわした瞬間、電気もテレビも点《つ》けっぱなしで眠りこける大輔を目にして落胆する。

まあ、朝が早い仕事だからな、と自分を納得させようとしても、明日のことを考えるような人間だったらテレビくらい消して寝るだろうが、ともう一人の自分が毒づく。

テレビと部屋の電気を消しても大輔は目を覚まさない。体のどこかを掻《か》きながら寝返りをうつくらいだ。空き缶や菓子袋や雑誌で散らかったローテーブルの陰を眺めながら、流しの上の明かりだけを点けたキッチンでため息をつく。こぼれたビールが乾いてテーブルがべとべとになってしまう、そう思っても片付ける気力がわかない。

別にいい。残業へのねぎらいの言葉がなくても、部屋が荒れ放題でも、相変わらず靴下や服が脱ぎ散らかされていても、想定内のことだから。

嫌なのは、落胆することだ。

一度だって起きていたためしがないのに、電気が点いているくらいでかすかに期待する自分が鬱陶しい。

でも、唯一《ゆいいつ》、寝ている大輔にほっとした夜があった。

あの晩、タクシーのドアが閉まっただけで飛びあがりそうになりながら家に帰り、鍵を閉めると床にへたり込んだ。耳慣れた大輔の鼾《いびき》に、安堵《あんど》の息がもれた。震える手で口のまわりをこする。感触を消そうとして、感覚がなくなるまで何度もこすった。胸元をひきちぎられたシャツを脱いで、耳たぶや首筋をぬぐう。あいつに舐《な》められた場所に、まだぬるぬるした臭い唾液《だえき》がついてそうでごしごしと拭《ふ》いた。それから、シャツを丸めて燃えるゴミに捨てた。おろしたてだったけれど、なんの躊躇《ちゅうちょ》も後悔もなかった。大輔はその間も鼾をかき続けていた。後は、歯を磨いてシャワーで洗い流してしまえば終わり。大輔は鈍いから気づかない。なにもなかったことになる。

そう自分に言い聞かせたのに、次の日も、その次の日も、なにも気がつかない大輔に落胆している自分がいた。知られたくないのか、知って欲しいのか。自分がよくわからなくなった。

大輔がまた寝返りをうった。くちゃくちゃと口を動かす音が暗闇に響く。

佐伯さんの出張について京都に行ったときに、老舗《しにせ》のビストロフレンチでランチをしたことがあった。良く言えば趣があり、悪く言えば古い建物の、たてつけの悪い扉に紙が貼《は》ってあった。

——ドアを閉めてくれたお客様は天使です。

勘定を済ませ、店をでた佐伯さんは「あの文句は仕掛けだね」と脱いだ背広を腕にかけながら言った。

「仕掛けですか」

「ドアを閉めてください、と命令口調で書くより気が利いている。京都は奥ゆかしいね、ほら」

佐伯さんは路地の木塀に貼りつけられた、子どもの顔くらいの小さな赤い鳥居の絵を指した。

「ああやっておけば、犬の粗相やゴミのポイ捨てを防げる。注意書きを貼ると、どうしても強制的でネガティブな印象になるからね。人を動かす良いアイデアだよ。それが、仕掛け」

「きれいに使ってくださりありがとうございます、とトイレに書かれているのと同じ感じですね」

　そう相槌《あいづち》を打ちながらもしっくりこなかった。人を動かすアイデアというより、人を操ろうとするあざとい作戦に思えた。みんながみんな天使になりたいわけでもない。しばらく黙って歩き、「でも、私だったらはっきり要望が書かれているほうがいいかもしれません」と正直に言ってみた。

「なんだか、もちろんしてくれるよねって笑顔で圧をかけられている気がして、ちょっと重くないですか」と、言い訳がましくつけ足す。きっぱりと注意書きをして悪者になってくれるほうが優しいような気がした。

　佐伯さんは聞きわけの悪い子どもをあやすような目であたしを見て、「二条さんは期待されるのが苦手なのかな」と笑った。

　それは去年の夏のことだった。京都はぬるま湯の中を歩いているようで、とにかく暑く、あたしはそれ以上なにか言う気をなくした。

中途半端《はんぱ》に明るいキッチンから鼾の響く暗い部屋を眺めていると、あのときの会話をよく思いだす。

そう、期待は大嫌いだ。そのはずだったのに。

喧嘩の原因はいつだってささいなことだ。

弁当用のカニカマを勝手に食べたとか、いただきもののワインを先に開けたとか、ものがだしっぱなしだとか、最後のティッシュを使ったくせに空箱を替えていないとか、そんな程度のことからはじまる。けれど、不満はその前から蓄積している。

決定的な決断を避けようとして、核心的なことを明らかにせずに、その周辺の感情をぶつけ合うのでちぐはぐな言い争いになる。結果、たいてい不完全燃焼で終わり、数日間ぎこちなく過ごして、忘れたふりをしてまた元の生活を続ける。

でも、恋愛自体が不完全燃焼なものなのかもしれない。燃やしつくしたら終わるし、燃えなかったらそもそもはじまらない。ぶすぶすとした埋火《うずみび》を互いに持ち寄って、なるべく長く暖がとれるように、いじましい努力を続ける。

特に、なんとなくはじまった大輔との関係は、最高地点がなかった分、見切りをつけるような最低ラインもぐずぐずとした曖昧《あいまい》なものになっている気がする。

でも、これはいつまで続けたらいいんだろう？

どこを目指したらいいの？

なにも考えてないように見える大輔の襟元を掴んで揺すぶりたくなってしまう。その衝動が起きる間隔がだんだんと短くなっていっている。

先日もささいなことで導火線に火がついた。きっかけは、あたしが読んでいたファッション雑誌に大輔が好きだと言っていたタレントだか女優だかわからない女のインタビュー記事が載っていたことだ。アヒル口というか蛙口《かえるぐち》にしか見えない媚《こ》びた笑顔が苦手で、どちらかといえば嫌いなのに、「ほら、あんたの好きな子」と親切心で大輔に見せてあげた。

大輔はちらっとお笑い番組から目を離し、誌面に目をやると「でも、もう三十だしなあ」とぼやくように言った。

は？　あたしももうすぐ三十ですけど。なに、三十過ぎたら女じゃないわけ？　じゃあ、このだらだらした同棲生活もあたしが三十超えたら解散ですか。三十までの貴重な若い時間をあたしからだったら無償で奪ってもいいってこと？

そう詰め寄る代わりにあたしの口からもれたのは、「他人の歳《とし》、気にしてる場合？」

という一言だった。

「体を売り物にしてんだったらあんたも一緒でしょ。体力と容姿の違いはあるけど。あんた、ずっとその仕事続けるの？　いまは若いから体が動くけどさ。自己管理能力が低いくせにずっといまと同じでいられると思ってんの。ちょっとは先のこと考えたら？　危機感、無さすぎ」

まくしたてながらテレビを消すと、大輔も「いちいち突っかかってくるなよ」と言い返してきた。「あんたがふらふらしてるからでしょう」とあたしも止まらなくなり大喧嘩に発展した。

それから、二日間ずっと互いに無視をしていたのに、突然、大輔のほうから「ちょっといい？」と話しかけてきた。営業の仕事をしている弟の話を聞いて欲しい、という内容だった。いまいち意図がよくわからなかったが、とにかく家族に会わせてくれるということなので進歩と捉えてもいいだろう。こうやって一緒に暮らしていることを、身内に話していたということでもある。

明後日、急で済まないけれど早く帰ってきて欲しい、と大輔は言う。なにかを頼んでくるときの大輔はそれなりに可愛げがある。

変に期待するのも嫌だったので、そっけなく「わかった」とだけ答えた。まだ怒っているというポーズは示しておきたかった。大輔はほっとした顔をした。

当日の朝、早退を申しでた。もちろん佐伯さんは了承した。最近の佐伯さんはあたしの顔色をうかがってばかりだ。

銀色の海のような炎天下のオフィス街は、地下鉄の駅まで歩くだけで汗だくになった。照り返しで目がじんじんする。パンプスの中が蒸れて気持ちが悪い。けれど、平日の昼間の空《す》いた電車に乗るのは悪い気分ではなかった。

中学から仲が良い奈津子とラインしながら熱いアスファルトを歩く。去年、子どもが生まれた彼女は育児休暇中だ。

アパートのドアを開けると、インスタントラーメンの匂いがした。大輔が作れる唯一無二の料理。換気扇くらいまわせよ、と思いながらも、エアコンで冷えた室内に頬がゆるむ。水きりかごの上には使った食器が洗われて置いてあったが、ラーメンを作るのに使った雪平鍋《なべ》がそのままコンロに置きっぱなしだ。食器も斜めに立てかけるようにしたほうが早く乾くのに、べったりひっくり返して置いているので、どんぶりの高台に水が溜《た》まっている。五十五点、と心の中で赤をつける。大輔の家事は七十点以上取れたことがない。結局、あたしが後で手を加えなくてはいけなくなるのに、やってやったという充実感に満ちた表情をするところが苛立《いらだ》つ。

部屋に大輔は見当たらない。浴室にもトイレにもいない。弟のための茶菓子でも買いに行ったのだろうか。まさかな、と思いながら鞄《かばん》を放り投げ、ストッキングを脱ぐ。裸足で踏むフローリングの感触に解放感を覚える。ベランダの戸を開けると、裏の墓地から蟬《せみ》の鳴き声が聞こえて、夏休みみたいだと思った。

室外機の上に置かれた大輔の煙草の箱から一本抜き取る。いくら食費を入れろと言っても生返事ばかりなので、仕返しで煙草を盗むようになった。なにも気づかずせっせと煙草を補充する大輔を眺めて、いくばくかの溜飲《りゅういん》を下げる。あたしみみっちいなあ、と青い空に煙を吐く。崩れかけたソフトクリームみたいな入道雲が見えた。

ここ最近してないなあ、と思う。暑いし、面倒くさいし、すごくしたいわけじゃないけど、していないという事実が頭の片隅に焦《こ》げついている。邪魔臭い。いまや、セックスは仲直りの道具みたいになっている。大輔は抱き締めればなんとかなると考えているところがある。その安易な解決法から、大輔のいいかげんな女性遍歴が透けて見える。

室外機の上の携帯電話が震えた。奈津子からだった。子どもがやっと昼寝してくれた、と書いてあったので、部屋に戻って電話をかける。奈津子はサバサバして見えて良妻賢母気質で、結婚してからは滅多に夜に電話をしなくなった。

「ひさびさー」と声を揃《そろ》える。

「あー人と会話するのひさしぶり。もう、わたし、ただのおっぱいマシーンだからね。搾乳牛《さくにゅうぎゅう》みたいだよ、食べて、乳やって、寝てるだけ」

自嘲《じちょう》気味なことを言いつつも明るい声で笑う。「二条はー？　年下彼氏とどうよ」と言うので、大輔の愚痴をこぼす。奈津子はあたしが自分の名前が嫌いなのを知っているから、名前ではなく苗字《みょうじ》で呼んでくれる。奈津子も旦那の文句を言ってくる。

「うちは家のことはまあまあ手伝ってくれるほうだけど、それでも手伝いだからね。手伝っているって認識がそもそも勘違いなんだけど。誰の家で、誰の子だよって感じだし。なのに、褒めてあげなきゃいけないのがときどき納得いかなくなるかなー。でも、そこは仕方ないよね。それより、わたし二人目欲しいんだけど、してくんないんだよね。妊娠してからだからもう二年以上だよ。あんまり話聞いてくれないし、だんだん無関心になってる気がする」

二年以上か、あたしたちはそれほどでもない、と安心する。比べた罪悪感もあって、結婚していることへの羨望《せんぼう》を交えつつフォローする。

「でも旦那さんはさ、ちゃんと責任を負った上で家庭を作ってんだから偉いよね。それ位の距離感がちょうどいいんじゃない？　家のことも最低限やってくれるんなら、ぜんぜん問題ないと思うけどね。その点、こっちはペット飼ってるみたいなもんだからね。先のことは考えずに、餌だけ貰ってその日その日を生き抜くみたいな。しかも全然可愛くないからね」と、大輔をけなす方向へと持っていく。

同性の友人と話していると、不幸自慢をしたいのか、相手と自分を比べて優越感を得たいのか、だんだんわからなくなってくる。確かなのは、状況の違う相手の不平不満を聞くと安心するということ。完全な幸せなんてないと思わなくては、いまの自分を肯定できない。

なんで奈津子は結婚できて、あたしはできないんだろうという問いがむくむくと頭をもたげてくる。猫撫《ねこな》で声で大輔を褒めてやらないから？　結婚前に同棲してしまったから？

いや、これから弟に会ったらなにか変わるかもしれない。

ワントーン高い声で礼を言い、電話を切った。異性とはできないテンポの良い会話に昂奮《こうふん》しつつも、どこか醒《さ》めた自分がいる。ふっと笑いがもれる。なんだかんだ幸せそうじゃないか、どうせこの後は子どもと一緒に昼寝でもするんだろう。

嫌な奴《やつ》だ、あたしは。幸せにならなきゃ、どんどん嫌な奴になっていく。

携帯電話を見た。もうすぐ弟がやってくる時間だ。大輔はまだ帰ってこない。電話をかけてみるが、何度かけても留守番電話になる。メッセージを送る。返信はすぐにきたが「まだ」「外」という最低限の情報のみで、なぜ外にいて、なぜまだなのかの説明がない。携帯電話を触れるなら電話にでろよ、という怒りを込めて打ち返す。「ごめん」と謝罪の返事がくる。本気で謝る気があるなら、遅れることになった状況を説明しろ。「先やってて」というメッセージで苛立ちが呆《あき》れに変わる。大学生の宅飲みか。初対面の人間と先になにをやってたらいいんだよ。

見切りをつけて立ちあがる。怒っている暇はない。人を入れられるくらいには部屋を片付けなくては。

玄関にだしっぱなしだったスニーカーやヒールを靴箱に入れ、流しで雪平鍋を洗い、食器を拭いて戸棚にしまい、寝乱れたベッドを整え、ローテーブルの上を片付け、床にクイックルワイパーをかけて、念のためカーペットにもコロコロをかけた。白い粘着面についた陰毛を見て気が重くなる。人間の体から落剥《らくはく》したものってどうしてこう汚らしいのだろう。生活は幻滅のくり返しだ。ふと、奈津子に言った愚痴を思いだし、子どものものだったら汚く感じないのだろうかと改めて考える。恋人のは無理だ。そう思うと、恋人への愛情の限界点が見えた気がした。

インターフォンが鳴る。ドアを開けると、ぺらぺらの素材のスーツを着た若い男が汗をふきふき立っていた。ちゃんと日焼けしている。ちゃんと、と思うのは、大輔が日焼けしにくい質《たち》だからだ。そう比べてしまうくらいには、京輔と名乗る弟は大輔との血の繋がりを感じさせる顔立ちをしていた。

渡された名刺には聞いたことのない保険会社の名があった。

「えーと、まだなんですよ……すみません」

あれ、とも、大輔と呼び捨てにするのもためらわれて主語をぼかす。

「あ！　そうなんすかー、今日は休みって聞いてたんですけどねー」

声がでかい。明るいと軽いの中間のようなテンションだ。

「休みなんですけど。ほんとどこ行ったんでしょうかね」と言いながら、とりあえずドアを閉めてもらい部屋に招き入れる。

弟は迷うことなく大輔の定位置である座椅子に腰を下ろす。なんだ、血のなせるシンクロか。

正面に座り、奇妙な既視感を覚える。目の前にいるのは、似ているけれど、違う人間。大輔が着ないような服を着込み、いつも寝癖だらけの大輔とは違う髪型をしている。けれど、しまりのない口元や鼻梁《びりょう》のかたちが似ている。

「今は家の中に入る事も至難の業で、契約なんてもはやもう幻ですよ。何件取れたかじゃなくて、何軒入れたかまで査定されるなんて地獄ですよね」

あっけらかんとした笑顔で弟が口をひらく。

保険の勧誘にきただけだと気づいて、落胆のあまり言葉を失う。ワンテンポ遅れて「大変なお仕事ですね……」と返したが、聞いていないようで無遠慮に部屋を見まわしている。兄が同棲している部屋がものめずらしいようだ。

「あ、すんませーん。なんか言いました？」

次男だからか、もともとの性格なのか、大輔よりも甘ったれた声をだす。初対面だというのに迂闊《うかつ》な奴だ。

「いいえ、日焼け、されるんですね」

「あーあいつ、真っ赤になるだけで焼けないですもんね。肉体労働なのにかっこ悪いですよね。まだそうなんですか？」

「はい、夏場はいっつも酔ったみたいに赤いですよ」

笑うと、いくぶん気が楽になった。「あいつ最近どうですか？」と弟がローテーブルに肘《ひじ》をつく。

「共同生活できてます？　迷惑とかかけてんじゃないすか？」

大輔の近況報告のつもりで話しだすと、いつしか悪口になり、それに弟も乗ってくるのでどんどん盛りあがっていった。

「つーかさ、一番嫌なのはトイレ掃除なんだよね」

もうビールでも飲みたいような気分になった頃には敬語も消えていた。

「あいつ、しょんべんの始末、悪いっすよねえ。母ちゃんにもよく怒られてました」

大きいほうもだよ、と突っ込みたくなるのを、なんとかこらえる。

「あれ、したらどうですか。空港の男子トイレとかにたまにあるじゃないですか、ほら、便器に的」

いや、あたし男子トイレ入らねえし、と思いながらも「的？」と訊《き》き返す。

「なんか便器にちっさい的のシールかなんかつけておくんですよ。そしたら、人間ってつい狙《ねら》ってしまうらしいです。誘引性っていうんでしたっけ。で、結果的にトイレをきれいに使う人が増えるとか」

どこかで聞いたような話だ。酔いがさめるように佐伯さんが昔に言っていたことを思いだす。ああ、仕掛けだ。

「これ、上司に聞いた話なんですけどね。なんかそういうの営業に使えないですかねー。家に入れたくなる、契約したくなる、みたいな誘引性テクニック。まあ、マニュアルはいろいろあるんですけどね、なかなかそれもうまくいかなくなってて。それにしても、あいつまだですかね。あ、先にこの書類読んどいてもらっていいですか？ちょっと説明しますね」

弟は一人でべらべら喋《しゃべ》っている。いつの間にか背広を脱ぎ、シャツの腕をまくり、ネクタイまでゆるめて立膝《たてひざ》をついている。

我に返った頭で思う。

あたしはこの人と同じ笑顔で悪口を言える立場だろうか。あたしは家族なんかじゃない。家族の間で許される甘えを許した覚えもない。

これも仕掛けみたいなものだろうか。

当たり前のように一緒に暮らして、戯《たわむ》れに弟なんかに会わせられ期待だけもたされて。でも、肝心なことはあやふやなまま。

大輔がくれないから、欲しくなるのかもしれない。言葉も約束も。

そのとき、クローゼットの扉がわずかに開いているのが目に入った。その隙間にあたしの大嫌いな柄が見えた。理科の実験のときに顕微鏡で見たゾウリムシみたいなダサい柄のトランクス。何度言っても捨ててくれない、あれ。なぜあんなところに、と目の端でちらちら見て、思わず声をあげそうになった。

大輔がクローゼットの中にいる。

慌《あわ》ててグラスに手を伸ばし、緑茶を一気飲みする。それでも、動悸《どうき》は収まらない。なに、これ？　ドッキリ？　共犯か、とパンフレットを広げて喋り続ける弟を盗み見るが、もし共犯だったらクローゼットの様子がわかる場所に座るだろう。じゃあ、なんで大輔はあんなところに、しかもトランクス姿で入っているのか。なにか狙いがあるとは思えない。おおかたうっかり中で寝てしまい、でるにでられなくなったのだろう。でも、あたしが送ったメッセージには短いが返信がきた。あのときにでればいいのに。なぜ、トランクス一枚で隠れ続けているのか。

わからない。

心の底から大輔という人間がわからなくなった。笑う気にもなれない。そもそも冗談だとしてもなにも面白くない。

あたしは本当に結婚したいんだろうか、あんな将来性の欠片《かけら》もない意味不明で馬鹿な男と。あたしはただ「結婚してくれ」と言われたいだけなんじゃないだろうか。ここまでしてきた価値を認めて欲しくて。

「秘書ってなんかエロいですよね。上司の机の下から顔出してるイメージが強くて、どうしても変な想像しちゃうけど、実際はどんな事してんですか？」

反応がなくなったあたしを探るように弟がへらへらと下卑た質問をしてきた。本当に馬鹿な兄弟だ。「それ、セクハラですよ」と薄笑いで返す。「まあ、多いけどねセクハラ」

「え、マジすか」

案の定、乗ってきた。さばけた態度を取れば、男はだいたい本音をもらす。「大丈夫なんですか。どんなことされます?」と、心配するふりをして興味津々《しんしん》だ。

どうせ男にはセクハラの恐怖なんてわからない。あんたみたいに初対面の異性と密室で二人っきりになることになんの抵抗もない人種は特に女には無理だからね、そんな恐ろしいこと。

「ちょっと前の接待のとき、途中から二人っきりにされたのが、ここ最近で一番嫌だったことかな。トイレから帰ったらボスがいなかったんだよね。相手は融資を受けているメガバンクのお偉いさんで、機嫌を損ねたら会社にとってえらい損害になるの」

洗面所から帰ってくるなり、隣に座るように強制されて、当たり前のようにスカートの中に手を突っ込まれた。男の目は[illegible]でどろりと充血していた。酒臭い息で、佐伯さんは体調が悪くなって先に帰ったと言われた。「気をきかせてくれたのかな」と耳元で囁《ささや》かれて鳥肌がたった。懐石料理屋の一番奥の個室で、もう水物まで料理はでていた。仕組まれたとしか思えなかった。

けれど、一縷《いちる》の望みにかけて「そんなわけないですから」と、男の手首を摑んだ。スカートの中からひっぱりだして動かないよう相手の膝の上で手を重ねておく。

「君の横顔さあ、けっこう好みなんだよね。そう言ったら連れてきてくれたんだけどなあ」

　見せられた携帯電話の画面には、デスクで電話をするあたしの写真があった。男が太い指で画像をスライドさせる。何枚もあった。脚も、腰も、首筋も撮られている。どれも佐伯さんのデスクからしか撮れない角度だった。

　こめかみの辺りから血の気がひいた。信じたくない気持ちと怒りがぐるぐると混ざり合い気分が悪くなった。

「もう遅いですし、お送りします」

　なんとか言葉を見つけ、仕事用の微笑を浮かべながら立ちあがる。従ってくれてほっとしたのもつかの間、外にでると歩きたいと男は言い、あたしをホテルに連れ込もうとした。無理やりキスをされた。なまぬるい舌が唇を這《は》ったが、しっかりと口を結んでひらかなかった。すると、今度は耳や首筋を舐められた。脂《あぶら》っこい髪がべたべたと頬や鼻にくっつき、アルコールの匂いの奥に歯槽膿漏《しそうのうろう》めいた口臭を感じた。必死に拒むと、男は「五分だけ」「ねえ、五分だけ入ろうよ」とくり返した。五分でなにをするというのか。押しのけようとすると、逆上されて襟を掴まれた。布の裂ける音がした。

「で、どうしたんですか？」と弟が訊いてくる。

「リアルに具合悪くなっちゃって。貧血かな。吐いちゃったんだよね。そしたら、興も醒めたみたい。危なかったわー」

「それ兄ちゃんには言ってるんですよね？」

いま、言っている。

「でも訴えたら勝てるんじゃないですか？　それで金ひっぱったらいいのに。あいつも仕事してるんだし、今こそ男になるチャンスじゃないですか」

義憤にかられたか、弟が熱っぽく語る。「必要ないし」とあたしは笑った。

「もう片はついたから」

次の日、佐伯さんを問いただした。どうして先に帰ったんですか、と睨《にら》むと「伝えた通りだよ。体調が急に悪くなってね。済まなかったが、君ならまかせても大丈夫だと思ったんだ」と柔和な笑顔を崩すことはなかった。あたしを売ったくせに。あの写真のことを言ってもこの人は絶対にしらを切ると思った。だから、ホテルに連れ込まれそうになったことを話した。佐伯さんは表情を曇らせて「そんなことが……」と言った後に、「残念だな」と呟いた。

「二条さんならそういうことはうまくかわせると思っていたよ。でも、もういい大人なんだから、こういうことがあるのもわかるだろう」

「こういうこと、ですか……？」と訊き返すあたしに佐伯さんは爽《さわ》やかな声で言った。

「男と女なんだしね。酒の席でのことなんて、あれこれ言ってもあなたの損になるだけだよ。証拠だってないんだから。それに、彼に気に入られておくのは悪いことじゃない。スマートにいこう」

その言葉に力が抜けた。あたしが馬鹿だった。佐伯さんに裏切られてもなお期待していた。彼は今までの雇い主とは違うとどこかで信じていた。

この男は自分以外の人間は駒《こま》としか見ていない。あたしのことも結局は「女」としての使い道しかないと思っている。お局《つぼね》秘書の朝比奈さんに訴えても、派遣のあたしをかばってくれはしないだろう。それどころか、若さを自慢していると捉えられかねない。佐伯さんが社員ではなく派遣の秘書を雇うのも、なにかがあったときに切りやすいからだと、不利な状況に追い込まれてやっと気づいた。

ゆっくりと頭の芯《しん》が冷えていき、決心がかたまった。

「私、もうすぐ結婚するんですよね」と、あたしは嘘をついた。言葉は思った以上にすらすらとでた。「だから、こういうこと知られると困るんですよ。騒ぎにするつもりはありません」

佐伯さんはあたしの肩に手を置いた。

「聡明な君ならわかってくれると思っていたよ」

「昨夜、本当はわざと先に帰りましたよね」上目づかいで見る。

「まいったな。彼がね、どうしても二条さんと二人っきりにして欲しいというからね。内密に頼むよ」

「もちろんです。でも、不安だから録音させてもらいました」

ポケットの携帯電話を取りだす。

佐伯さんの顔から表情が消えた。

「私の彼氏、佐伯さん一度会ったことありますよ。雑居ビルで佐伯さんにぶつかってきた業者の人です。覚えてます？　彼、けっこう頭に血がのぼりやすくて、ほら、あのときも言い争いになったじゃないですか。こういうこと知ったらなにをするかわかりませんよ。いまはＳＮＳもありますしね。ネット上にあげられたら会社も佐伯さんも困るんじゃないですか。もちろん、私はそんなことしませんよ、あくまで彼の話ですよ、彼の」

笑えるものだな、と思った。むしろ、いままで一番の接遇スマイルを浮かべられた自信がある。

「それで、交換条件として派遣から社員へ推薦してもらったの」と、あのときと同じ笑顔を弟に向ける。

「福さん、すげえっすね！」

弟が馬鹿みたいに目を輝かせる。

「社員になったせいで残業も増えたんだけど、大輔はぜんぜん気づかないんだよね」

大きなため息をついてみせて、クローゼットを見た。

話しながら気づいた。こいつは逃げたいんだ。弟なんか呼んでおいて、結婚や将来のことを詰められるのが嫌なんだ。この期《ご》に及んで。悪あがきした末のクローゼット籠《ごも》り。そうやって、責任からは逃げるくせに、覗き見か。なら、見せてやるよ、あたしのぜんぶを。

「まあね、あいつ頼りないですからね」

弟はコップの緑茶をちびちびすすりながら張り合いのない相槌を打つ。

ベランダ越しに空を見た。まだ日は高い。こんな晴れた夏の日に、無駄な感情をぐつぐつ煮つめているなんて馬鹿らしい。ごった煮みたいになった感情の底では、大輔への期待が焦げついていた。ずっと、そうだった。

でも、もういい。あたしは一人で立てる。

もう一度、クローゼットを見る。奥は暗くてよく見えないけれど、大輔と目が合った気がした。

しまい込まれた電気ストーブと一緒にうずくまる大輔が埃まみれの古い鍋のように思えた。あたしがだしてあげなきゃでてこれない、季節においていかれた遺物。

もうあんな古い鍋は要らない。変わる気のないお前は一生そこにいろ。

別れよう、と思った。大輔とも、くだらない期待とも。

第五回

150

ラジカセ

千早茜

　大輔の弟を駅まで送っているとき、あたしはラジカセ犬のことを思いだしていた。もう日は傾いていた。とうに話題は尽きていたあたしたちは黙ったまま歩いた。別に送る必要もなかったのだけど、トランクス一枚でクローゼットに籠《こも》り続ける大輔が憐《あわ》れになってきて、部屋を空けてやることにした。あの堪《こら》え性のない大輔がこんなにも長い時間、粘ったことに軽い感嘆も覚えていた。

　弟はすっかり待ちくたびれ、この状況に心の底から飽きていて、それを隠そうとする気遣いもなくなっていた。

「ラジカセ犬って知ってる？　名前は、確かパフ」

あたしが言うと、「はあ?」と弟は敬意のかけらもない声をあげた。前半部分を聞いていなかったのか、聞いたことが右から左へと抜けていく質《たち》なのか、「パフ」と首を傾《かし》げる。

「ちょっと、わかんないっすねえ」

興味がないのだろう。それ以上なにも訊《き》いてこない。大声でふざけ合いながら歩道を塞《ふさ》いでいる男子高校生の一群とすれ違いざま、舌打ちをする。そのくせ彼らがふり返ると、さっとあらぬ方向を見て素知らぬ顔をした。

その小心さを声にださずに笑う。駅が見えてきたので、「じゃあ」と足を止める。

「あーお義姉《ねえ》さん、あいつ帰ってきたら連絡するよう言っておいてください」

大輔の弟がポケットに片手を突っ込んだまま言う。時間の無駄だったと言わんばかりにわざとらしく腕時計を見る。ネクタイを外した襟元がだらしなく、ズボンの尻《しり》は座り皺《じわ》だらけになっている。そんなよれたなりでは、たとえ時間がふんだんにあっても契約は取れなかっただろうから、部屋で涼ませてやったことを感謝して欲しいくらいだ。

「お義姉さん、じゃないし」

目を細めて言うと、弟は呆気《あっけ》に取られた顔をした。意味をはかりかねて、言葉がでてこないようだ。瞬《まばた》きだけをくり返すさまを見ていたら可笑《おか》しくなった。「お疲れさまでした」頭を数センチだけ下げて、背を向ける。

もう、あの滑稽《こっけい》な男に会うことはない。あたしは大輔と無関係になるのだから。

なにか聞こえたような気がしたけれど、ふり返らなかった。

ラジカセ犬パフは、中学の頃に読んでいた漫画に、ほんの数コマだけでてきた中型犬だ。ラジカセに繋《つな》がれている。主人公たちに向かって牙《きば》を剝《む》きだし唸《うな》るが、ラジカセのまわりをぐるぐるまわるだけで襲いかかってはこない。ラジカセが地面に固定されているのかと思いきや、飼い主がでてきてそれを軽々と持ちあげる。

犬は小さい頃からラジカセに繋がれていて、自力では動かせないと思っている。ラジカセを引きずって好きな場所へ行けるのに、走ってみればわかるのに、犬は自分よりはるかに小さくなったラジカセのまわりをぐるぐるまわるだけだ。

物語の本筋にも触れないそのエピソードは、奇妙なざらつきを心に残した。お菓子を食べていたはずなのに、間違ってサンドペーパーを舐《な》めてしまったような感触。それは残ったというか、こびりついた。既視感があるような気もしたし、未来の自分を暗示しているようにも思えた。

大輔はラジカセだったのかもしれない。

離れられないと思い込んでいたけれど、離れると決めたいま、頭も体も妙に軽くなっている。軽すぎて、どうしたらいいかわからないくらいだ。高校時代、剣道部に入っていて竹刀《しない》に文鎮のような重しをつけられていたことがあった。あれを外されたときみたい。いつも通りに竹刀を振っているはずなのに、軽くて、実感が薄くて、むずむずと笑いだしたくなる感じ。

部屋にいるときは陰鬱《いんうつ》な気分だったのに、最悪という限界点を超えたら解放感しかなくなった。

まだ昼間の蒸れた空気をまとわせているアスファルトの上を大股《おおまた》で歩く。夕暮れの風に乗って電車の音が耳に届いた。

あたしはどこへでも行けるんだ。

草の原を、ちからいっぱい駆けていく犬の姿を想像する。

部屋に戻ったら、大輔はきっとなにげない風をよそおってテレビでも見ている。言葉少なに、というか外国人かと思うくらい片言の単語で謝ってくる大輔。あたしがわけを追及すると、目をそらして黙り込む。黙られれば黙られるほど、声が大きくなり感情的になっていくあたし。最後は大喧嘩《おおげんか》になるのだろう。

目に浮かび、ぐったりした。

めんどうくさい。喧嘩して、なにかをあらためてもらっても、もうその成果を目にすることはない。むしろ、あたしと別れた後に大輔と付き合う女が得をするだけだ。

奈津子の結婚式の二次会で誰かが言っていた。いい男は過去の女の努力の賜物《たまもの》、と。腹立たしい。足を止めると、生い茂った夾竹桃《きょうちくとう》の陰に細い路地を見つけた。奥に赤い提灯《ちょうちん》がぼんやり灯《とも》っていた。スーパーに寄ろうと思って持ってきたエコバッグには、財布と携帯電話だけ。いいや、と朽ちかけた花を踏んで入っていく。

焼き鳥屋のようだった。くの字の、八席しかないカウンターはもうほとんどが埋まっている。空いた席に体を押し込むようにして座った。壁も、肉の部位の書かれた短《たん》冊《ざく》も、椅子《いす》の布地も、すべてがまんべんなく燻《いぶ》され、すすけた茶に変色している。

鶏皮《とりかわ》ポン酢とたたきを頼む。レモンチューハイを飲んで、薄ピンクの肉片をつついていると、右隣のテンガロンハットを被《かぶ》った髭《ひげ》のおっさんが「おねえちゃん、生肉が好きなの？」と赤らんだ顔で体を傾けてきた。テンガロンハットのつばが刺さりそうになる。「たたきは生じゃねえ」と老大将が唸り、テンガロンの向こうの、いかにも「おねえちゃん」といった感じの水商売風の女性がかすかに反応する。自分には関係ないと気づくと、先ほどからリターンライダーの事故について熱弁している中年男性に向きなおった。「そうなんですかー」「すごーい」をくり返しながら振り子のように頷《うなず》いている。テンガロンがまたもや話しかけてくる。「ねえ、俺なんの仕事してると思う？」知るか。まずは帽子を脱げ。脱がないのなら荒野へ帰れ。適当に流そうとしたら、携帯電話が振動した。大輔からのメッセージだった。携帯電話の画面を見るふりをしてテンガロンを無視する。坊主頭《ぼうずあたま》の老大将が「それくらいにしときな」と、焼酎《しょうちゅう》のお代わりを頼んだテンガロンを低い声でたしなめる。いじけたように焼き鳥を串《くし》から外して食べるテンガロン。左隣の不倫風カップルも串から外して食べている。

昔の彼氏もせっせと外してくれた。でも、あたしはそのまま歯でしごいて食べるのが好きだ。そこだけは大輔と気が合った。串から外したら焼き鳥じゃないだろ、と盛りあがったこともあった。

梅ささみの串を咥《くわ》えると老大将と目が合った。表情は変わらなかったが、肯定された気がした。冷酒を頼んで、つぎつぎに焼いてもらう。ねぎま、もも、むね、ハツ、ずりニンニク、せせり、ハンバーグみたいなつくねには卵黄がのっていた。黄色い球の表面がぬめるように輝く。

楽しかった。携帯電話が何度もメッセージの着信を報《しら》せてきたが、そのたびにどんどん楽しくなっていった。

地面がグミみたいだった。部屋に帰ると、ベッドの上のタオルケットがこんもりとふくらんでいた。中で大輔があたしをうかがっている気がした。妙に可笑しい。

自分の足音が体のなかでぼわんぼわんと反響する。ふふふ、と笑って洗面所に身をすべり込ませた。ひんやりするタイルに座り込み、便座にもたれて、しばしうとうと揺れる。

ふっと目が覚めると、脳をすっぽりと入れ替えたように視界が正常に戻っていた。汗がこめかみをつたうが、体はしんと冷えている。

立ちあがり、すっかりくずれた化粧を洗い流し、歯を磨いた。部屋は静かだった。シャワーを浴びてベッドに入ると、寝ていると思っていた大輔が抱きついてきた。あたしの体をまさぐりながら寝間着を脱がす。唇を舌でひらかれ、いま穿《は》いたばかりのパンツを下ろされる。惰性で体が反応してしまう。

「暑い」と言うと、大輔は立ちあがり窓を閉めて冷房を入れた。Tシャツとトランクスを脱いでベッドに戻ってくる。手にはちゃんとコンドーム。こういうときだけ人が違ったようにてきぱきと動く。前はかわいいと思えたのに、いまは、三分経《た》ったカップラーメンを前にしたときと同じ動きに見えて仕方がない。

背を向けると、後ろからのしかかってきた。腰を摑《つか》まれ、前後に揺すられる。仰向《あおむ》けにされ、また揺すられる。ときどき乳首をつままれる。大輔の肩に乗せられたあたしの片脚の、足首だけが動きに合わせてぶらぶらと揺れた。

薄暗がりの中、大輔を見上げる。

「あたし、別れることにした」

「へ」と動きが止まる。その隙《すき》にずれた枕《まくら》をなおす。さっきから揺すられるたびにヘッドボードに頭がぶつかって痛い。気づけよ。

もう一度、見上げる。

「あんたと」

大輔はぽかんと口を半びらきにしている。弟とそっくりだと思う。あたしのなかで大輔のものがわずかに萎縮《いしゅく》する。ず、とあたしの脚が大輔の肩から落ちた。大輔はかすれた声で「なんで」と言った。「んで」としか聞こえなかった。

動こうとしないので、手を伸ばし、大輔の首を抱くようにして身を起こした。座った姿勢のまま、体をきつく密着させる。腰をゆっくりこすりつけると、ようやく突きあげてきた。早く終わらせたい一心で動きを合わせた。

裸のまま寝そべって汗がひくのを待った。

ベランダで煙草《たばこ》を吸う大輔の背中が「ねえ」と言った。返事をしないでいると、

「本当に？」とあたしを見た。枕に突っ伏す。

「ほんとに」

「なんで」

「おやすみ」と、タオルケットを頭から被った。セックスの後はすごくよく眠れる。


数日経ったが、大輔は別れる理由を訊いてこなかった。「なるべく早くでていってね」と言ったが、あいまいな返事で濁された。

あたしはふだん通り、お弁当を作り、出社して、定時に帰れるときは夕飯を作った。洗濯も掃除もした。でも、大輔に予定を教えなくなった。外食がしたくなったら、連絡せずに好きな店に寄って帰ったし、次の出会いのためにエステにも通いだした。


エステにいる女性たちはみんなアンドロイドみたいな化粧をしていて、どうしても顔を見分けることができなかった。下尻や腹のまわりについた脂肪に電気をあてられ、鼠《そ》径《けい》部や膝裏《ひざうら》のリンパの詰まりを揉《も》みほぐされた。「流れが澱《よど》んでいますね、どんどん流しましょう」と彼女たちは言った。「そうすれば、きれいになりますよ」

「きれいってなんですかね」と、あたしがつぶやいても、彼女たちはアルカイックスマイルを浮かべて澱みなく答えた。

「きれいというのは、気になる部分を放置しないことです。完璧《かんぺき》な人間はいませんから、誰しも自分の体に気になるところはあります。見て見ぬふりをせずに、そこに手を加えてあげるのです。手を加えれば、必ず改善されます。すると、人間というのはもっともっと手を加えたくなるものなんですね。気がつけば、きれいになっています。大事なのは、意識ですね。気になる部分を常に意識していれば、人は美しく変わっていくのです」

漂白剤のような言葉をまぶしく聞いて、大輔との暮らしのことを思った。

気になるところはたくさんあった。けれど、見て見ぬふりをしてさんざん放置してきた。不満が溜《た》まるとぶつけ合ったけれど、その喧嘩ですらちゃんと解決することもなく、時間にまかせてなんとなくなかったことにした。いま、あたしが切りだした別れ話を大輔がなかったことにしようとしているみたいに。話し合い、切磋琢磨《せっさたくま》して、互いを向上させていくような関係ではなかった。そもそも「間違えた」と思いながらはじまった関係だ。楽なところもあったけれど、楽した分、怠惰さがぶくぶくと肥大化して、関係も澱んでしまった。先が見えなくて当然だ。

でも、それが大輔だったし、あたしたちだった。大輔がもし、佐伯さんのように上昇志向にあふれ、自己管理にぬかりがなく、いつでも爽《さわ》やかな充実をにじませているような男だったら、あたしは好きにはならなかっただろうし、一緒にいることもなかった。

ただ、そんな風に理解してしまえば、もう終わりなのだ。心に距離ができれば冷静になれる。関係を俯瞰《ふかん》できるし、相手の出方を見る余裕も生まれる。恋愛が美しいものになるのは過去になったときなのだから。

別れると決めてから、あたしたちの生活は穏やかだった。

もうすぐ顔を見ることもなくなると思うと、ある程度のことは許してやろうと優しい気持ちになれた。夕飯のおかずに悩むと、手間がかかっても大輔の好物を作った。深夜のコンビニに一緒に行くことも、休日の朝寝坊も、足の爪《つめ》を切る丸まった背中も、鳥の足跡のような目元の笑い皺も、寝癖も帽子の跡のついた髪も、これが最後かと思うと、目に焼きつけておきたくなった。

いま目の前にある肉体は有限だった。きれいといってもよかった。このさき老いて、潤《うるお》いをなくしていくだろう男の肌や髪を想像しては、残念なような、ほっとするような感傷的な気分になった。

あたしにとってのきれいは、最後の景色なのだと思った。

けれど、そんな日々をだらだらと続けるわけにもいかない。

大輔が自主的にでていかないことはわかっていた。追いだすのも難しいだろう。あたしは早く帰れる日はクローゼットや靴箱や戸棚の整理をして、いらないものをネットでどんどん売った。ものを手放すと、高揚した。身軽になったように思えた。そのテンションで部屋の片付けをしていった。遅くまでネットオークションのチェックをしているあたしを、大輔はときおり用心深そうな目で見ていたが、なにをしているのか尋ねてくることはなかった。

日曜の朝、早めに起きて洗濯をした。空は青く晴れていて、ひやりとした空気からはかすかに金木犀《きんもくせい》の甘い匂《にお》いがした。懐《なつ》かしい気がした。

身支度をして、まだ寝ぼけ顔の大輔に「いってきます」と声をかける。

案の定、「どこいくの?」と玄関までついてくる。

「不動産屋」

大輔は黙っている。のびたTシャツの中に気だるげに手を突っ込み、脇腹《わきばら》を掻《か》いたりなんかしている。

「いい物件あったら決めてくるから。ここ住んでいていいよ」

やはり反応がないので背を向ける。靴を選んでいると、「実はさ……」と消え入りそうな声がした。不穏な気配にふり返る。

「クビになった」

「はあ？」つい眉間《みけん》に皺が寄ってしまう。「仕事が？　ゴミ処理の？」ゴミではなくて廃棄物だ。ゴミという言い方を大輔が内心嫌がっていることを知っているのに口をついてでてしまった。

大輔がふてくされたような顔で頷く。ばつが悪いのだろう。

「え、なんで、どうして、なにしたの、あんた」

「さあ、なんか、まあ、いろいろ」

「なんで、いきなり、ひどくない」

お互い馬鹿《ばか》みたいにぶつ切りの言葉で話す。いや、話せていない。あたしは「なんで」を連呼して、大輔は「さあ」をくり返した。らちが明かない。

「で、どうするの」

詰問《きつもん》口調になるのを止められない。

「あたし、でていくよ。やっていけるの？　一人でここの家賃払っていける？　仕事も探さなきゃいけないんだよ。滞納とかしたらあたしに請求くるんだから絶対にやめてよね」

大輔は黙っている。苛々《いらいら》してきて、片手に持っていたスニーカーを床に叩《たた》きつける。ばん、と大きな音がした。あたしの声にも勢いがつく。

「だから、ちゃんと貯金しとけって、あたし言ったよね。なにがあるかわからないからって。あったじゃん、ほら。いきなりクビとか、最悪だし。まとまったお金がないとこういうとき身動き取れなくなるんだよ。なんでさあ、なにも変わらないでやっていけると思えるわけ？　どういう自信？　てか、なに黙ってんの？　クビになったっていう一言で、あたしが助けてくれるとでも思ってんの？　知らないよ。別れたんだから他人でしょ。甘えんな。相談するなり、頼むなり、なんか自分から動けよ。いい歳《とし》してそんな甘えた態度だからクビになるんだよ！」

気がついたら叫んでいた。ひさびさに大声をだしたので、酸欠みたいになってしまい靴箱に寄りかかる。

大輔は床に落ちたスニーカーを見つめたまま廊下に立ち尽くしていた。あたしの罵《ば》声《せい》が止《や》むと、ちらっとこちらに目をやる。

でも、なにも言葉を発しない。まるで、鳴らないラジカセのように。

失敗した。

クビになったとすがられても、「大変だね」と笑って流すのが正解だった。

あたしは怒りという鎖で、またこのラジカセに繋がれてしまった。

次の朝、大輔はいつもの時間に身を起こすと、「煙草、買ってくる」と外へでていった。まだ部屋は薄青い。さすがに職を失った不安で眠れないのかもしれない。目が冴《さ》えてしまったので、あたしも起きる。いつものようにお弁当を作り、大輔のおかずは弁当箱に詰めずに皿に乗せ、米はおにぎりにしておいた。

少し悩んで、早く新しい仕事が決まるといいね、とメモ用紙に書いてテーブルに置いた。皿にラップをかけ、家をでた。

夕方、家に帰ると、散らかった部屋の真ん中で大輔が転がっていた。テレビも浴室の電気も点《つ》けっぱなし。流しには汚れた皿が置きっぱなし。

「家にいるんなら、ちょっとは家事してよね」と文句を言う。めずらしく素直に謝ってきた。

その晩、大輔は食欲がなかった。いつもはごはんのお代わりをするのに、おかずの豚キムチだけを発泡酒で流し込んでいる。ぼそっと「明日からは弁当いらないわ。手間だろうし」とあたしを見ずに言った。肉体労働をしないと腹が減らないのだろう。社員食堂に玄米の定食ができたと他の秘書たちが話していたことを思いだし、「わかった。あたしもやめようかな」と頷いた。朝、三十分多く眠れるようになるのは嬉《うれ》しかった。

　それなのに、いつまでも寝ていていいはずの大輔が毎朝早くにごそごそ起きだす。あたしもつられて目を覚ましてしまう。「どこいくの？」と寝ぼけまなこで訊くと、「ちょっと走ってくる」とか「眠れなくなったから散歩してくる」とか言ってそそくさとでていく。

　失業のショックで真面目《まじめ》な人間になったのかと思うと、部屋は以前と同じように何度注意しても散らかしっぱなしだし、置手紙で頼んでおいた洗濯やトイレ掃除といった家事もまったくやってくれない。帰宅するたびに一日だらだらしていた痕跡《こんせき》を見つけて喧嘩になった。喧嘩をするたびに、以前の関係に戻っていくような気がして焦《あせ》り、ますます言い争いが増えた。

　それでも、それなりに気を遣ってはいた。さりげなく求人情報の雑誌を買っては置いておいたし、ずっと人に会わずにいたら気が滅入《めい》るだろうと思い大輔の好きなピリ辛魚肉ソーセージを読みかけの雑誌に挟んでおいてやったりした。

　けれど、大輔はどちらにも数日気がつかない。家でごろごろしているはずなのに、夜は鼾《いびき》をかいて眠り、お弁当を作らなくなってから前にもまして夕飯をよく食べるようにもなった。

十日ほど経ち、どうもおかしい気がしてきた。大輔は発泡酒についている応募シールを集めている。夕飯のときに缶から剝《は》がすと、いつもいったんテレビのリモコンにシールの端を軽く貼《は》っておく。それを後から応募シートに貼りなおすのだが、いつもシールは次の日の夕飯までリモコンに貼られたままだ。もし、昼間にテレビを見ているとしたらリモコンを持つときにシールが邪魔なはずだ。なぜ夜までそのままにしているのだろう。

もしかしたら昼間は家を空けているのかもしれない。仕事を探しに行っているのだろうか。でも、それだったら言うはずだ。隠す必要はない。

女かな、と疑念がよぎった。前の彼氏との嫌な記憶が蘇《よみがえ》る。家へ向かう足が自然と早くなった。もし、あたしのいない間に女を連れ込んでいたらひどい目に遭わせてやる。女のところに行っていたら締めだしてやる。

ポストに手を突っ込む。これも何回言っても大輔がチェックしてくれたことがない。化粧品と服のＤＭに混じって細長い紙が一枚入っていた。宅配便の不在連絡票。

かっと頭に血がのぼる。昨日の晩から、絶対に受け取ってねと念を押していたのに。ほとんど走るようにして階段をあがり、部屋のドアを開けた。また鍵《かぎ》をかけていない。テレビの前であぐらをかいていた大輔が弾《はじ》かれたようにふり返った。

「どこ行ってんのよ、昼間！」

買い物袋を台所へ放り投げ、声をあげる。

「なんで荷物の受け取りもできないの?!」

パンプスのまま部屋にあがりそうになって玄関でもたつく。あたしの剣幕に驚いたのか大輔が立ちあがる。

そのとき、部屋のインターフォンが鳴った。あたしと大輔の動きが止まる。音の余韻がまだ消えていないのに、急《せ》かすようにもう一度鳴る。

しまった、大声をだしすぎたかもしれない。息を吐き、そうっとドアを開けると、むっちりとした体形の男性が立っていた。

見覚えのある、ところどころ汚れた紺色の作業着。薄暗いアパートの廊下で、胸の「平田工業」の刺繍《ししゅう》がくっきりと浮かんでいた。

江ノ島

尾崎世界観

波風の立たない人間関係は面白くないなんて、サーファーじゃあるまいし、冗談じゃない。いつだって楽をしていたいから、流れるプールで充分だ。波風を立てる業者こと他弁が、取引先で車の鍵を紛失したのは昼過ぎのこと。

「ねぇ桜沢、鍵がどっか行っちゃったんだけど」

作業中、ガラスの廃品を入れた段ボール箱をガムテープでぐるぐる巻きにしながら、顔も向けずに背中で聞いた。鍵がどっか行く訳ねぇだろ。お前がどっかにやったんだよ。どうしようもないそのだらしなさに愛想を尽かして出て行ったのかもしれないから、鍵の実家にでも連絡してみろ。

「あっ……もしもし……あ、あの……お義母《かあ》さん、ご無沙汰《ぶさた》してます……。あいつ……帰ってきて……ますか……。いや、二人の問題なので、こんな事でお義母さんにご迷惑をおかけするのは……。あっ、こんなことっていうのはその、言葉のその……とにかく、もう一度二人で話し合ってみて……あっ、二人じゃないです。そうですね。三人ですね……。もちろん、一番大事なのは子供ですから。あ、もちろんあいつも大切で……それこそ家族ですから。えぇ、もちろんですよ……。その為《ため》にも……色々と……はい……。それで、このことは……お義父《とう》さんには……」みたいな流れになって暗い気持ちになれ。そして窓の外の枯葉を見つめながら、隙間風をBGMに固唾《かたず》でも飲んでろ。そんな言葉を飲み込んで、ようやく振り返る。

半開きの口で辛うじて支える緩みきったその頬を見ていると、体の底から怒りが湧《わ》き上がる。受身の姿勢に慣れきっているから、いつだって咄嗟《とっさ》に足が出てこない。待っていれば誰かがやるだろうという甘えと、ズルさ。でも、災害や事故に巻き込まれた際には、こんな奴《やつ》こそが生き残るだろう。

「悪い人じゃないんだけどね」を実写化したような人間が他弁だ。確実に自分の中にも心当たりがある何かの成れの果てだから、接していると余計に鬱陶しい。

「鍵無いと帰れないよなぁ。どこ行っちゃったんだろな」

悪びれる様子もなく、まだ言っている。それからも、作業の合間を縫って探していたけれど、いつまで経っても出てこない。いよいよ夕方になると、最初は呑気《のんき》だった他弁の顔色も変わってくる。


無駄に分厚い合成皮革が楕円《だえん》形に切り取られ、その上に打ち付けてあるメタルプレートに「江ノ島」と大きく筆文字で書かれたあのキーホルダーが、どこにも見当たらない。使い込んでいくうちに良い感じに馴染《なじ》んできた。他弁が嬉しそうに話すのを、いつかの帰りに運転席で聞いた。キーシリンダーに差さって揺れているそれに、いつまでも色褪《あ》せない「江ノ島」の文字がやけに映えていて、馬鹿馬鹿しくなった。

「もう、ほんとどこ行っちゃったんだよ。いい加減に出てこいよぉ」

今日はいつもより早く終わりそうだったのに。それをぶち壊されたイライラに、さらに燃料が投下される。他弁は相変わらず、中途半端《はんぱ》な角度に腰を曲げて、手近な備品を動かしたり戻したりしながら時間稼ぎをしている。放っておけばそのうち誰かが何とかしてくれるから、ただその時を待っているだけ。身に覚えがあるから余計に他人のそれが許せない。

部屋の隅に置かれたゴミ箱を見て思い出した。ここ最近顔見知りになった事務のおばさんが、昼休憩の時に車の前を通りかかって、わざわざ声をかけてくれ、弁当のゴミを捨ててくれたのだった。これ以上長引けば、確実に家に帰るのが遅れる。とにかく時間がない。

いくら慣れている現場とはいえ、よその会社の事務所のドアを開ける瞬間はさすがに気が引ける。室内には、夕方特有の適度に張り詰めた、それでいてもう終わりの見えた、心地良い緊張感が漂っている。中央で片袖《かたそで》の事務机が三組向かい合い、その奥では窓側に置かれた一つが陽の光を受け止めるように横向きに配置されている。こぢんまりとした作りだ。どの机にも程よく物が積まれていて、目の高さに合わせていくつかメモが貼り付けてある。お菓子の缶から飛び出したハサミの向こう側に白いトレイが置かれていて、中には書類やペンが入っている。そして、コーヒーとお茶とが混ざり合った、微《かす》かな残り香があった。

事情を説明して、ゴミ箱の中を見せてもらう。奥の方から取り出した袋は、几帳面《きちょうめん》に蝶々《ちょうちょう》結びがされている。丁寧な結び目から綺麗《きれい》に飛び出した一本を引くと、するりと解けた。

中には、一目で他弁のものだとわかる漬物だけが綺麗に残った弁当の容器が入っている。ご飯が盛り付けてあった場所には、他弁が残したご飯粒がびっしりとこびりついている。それを見ていると落ち着かなくなって、無性に箸《はし》でこそぎ落としたくなる。

容器の下に不自然な膨らみがあることは、ビニール袋を手に取った瞬間からわかっていた。袋の底に、触り慣れたあの「江ノ島」の膨らみを感じる。無事に見つけた安《あん》堵《ど》と、こんな所で見つけた怒りとを押し殺して、「もっときれいに食えよ」と呟《つぶや》いた。ソースでヌメるキーホルダーを親指と人差し指でつまみあげて、事務のおばさんに丁寧に頭を下げる。人に頭を下げたのは随分久しぶりで、こんな時はどの角度まで下げるべきか、下げ過ぎていないか気になった。

「なんだよ、そんな所に紛れちゃったのか。そりゃすぐには見つからないよな」

大体予想通りのそのコメントを聞いても、もう、咳《せ》き込むような乾いた笑いがひとつ出ただけだった。こいつと居ると安心する。少なくとも一緒に居る間だけは、自分が主人公になった気分でいられる。突然どこかの映画監督がやって来て、「今から君たちで映画を撮る」と言い出したら、間違いなく自分が主人公になるだろう。それは自分が主人公に向いているのではなくて、他弁が脇役に向いているというだけの話だ。会社に戻ったらすでに定時を一時間ほど過ぎていて、そこから急いで帰り仕度を済ませた。

思い出すだけで腹が立つ。頭の中で、一段飛ばしで上る階段に他弁の顔面を貼り付けていく。思い切り踏み込む。急いでいるから仕方がない。せめてこの怒りを、スピードに変換する為の活力にする。踏み込んで蹴《け》りつけたら、その分ふわりと体が浮いて、いつも鬱陶しく感じる歩道橋の階段も軽々と越えて行ける。

上った勢いでそのまま下りていく。途中からなんだか軽快なリズムが出来上がって、だんだん楽しくなっていることに気がついた。自分はさっきまで怒っていたはずだ。いつの間に、こんなにリズミカルに上ったり下りたりしているのか。不思議に思いながらも、歩道橋を渡りきった。

ここ最近は、嘘《うそ》をつき始めた当初のように、あらかじめ下に寝巻を着て電車に乗るようにしていた。さすがに着心地が悪くて途中から普段着にもどしたけれど、今度は次第に、家に着いてから寝巻に着替える手間の方が面倒になってきた。

予定より二十分遅れで部屋に着いた。

時間がない。玄関を進んでリビングを横切り、ベッドに飛び込む。心地良い痛みを感じながら、そのまま手足をばたつかせて寝崩れを作った。でも、どうしても反射的に物に当たるのを避けてしまい、思うように蹴散らせない。綺麗に並んだ雑誌や、古本屋のワゴンで買ったカバーの無い文庫本、テレビやDVDデッキのリモコン、ボックスティッシュやウェットティッシュのボトル、片付けることも難しいけれど、散らかすことだって難しい。

散らかしてしまうことには慣れていても、散らかすことにはいつまでも慣れない。それでも、心苦しさを払いのけて覚悟を決める。ひとつひとつ、丁寧に崩していった。可能な限り「ダラダラ過ごした休日」を再現して、帰って来た福に、「なんで一日家に居て散らかすことしか出来ないの」と言わせなければいけない。四つん這《ば》いになって目につくものを倒したりズラしたりしていると、ただただ虚《むな》しくなった。思えば、オモチャ屋で何でも好きな物を買って良いと言われれば、一番安いキーホルダーをレジに持って行くような可愛《かわい》げのない子供だった。その妙な気遣いが時に人を傷つけたり苛立たせると知ってはいるけれど、性格なのでどうにもならない。苦労してどうにか散らかし終えた頃に、玄関が乱暴に開いて福が怒鳴り込んで来た。

思った以上の剣幕で、ついにバレたかと、冷たいものがみぞおちの辺りを流れた。一瞬の沈黙を、聞き慣れたインターホンの音が繋いだ。神経を逆なでするその音の連続に、酷《ひど》く幼稚なものを感じた。苛立ちを戸惑いで誤魔化すように、笑顔を貼り付けた福が玄関まで歩いて行く。ドアの隙間から見えた間抜けなシルエットに絶望した。爪先立ちになってこっちを覗《のぞ》きこんだ他弁が、嬉しそうにニヤニヤしている。

「驚かそうとして事務の秋元《あきもと》さんに住所聞いてさ、来ちゃったよぉ。そしたら俺が驚いちゃったんだもんな。彼女と住んでんだなぁ。ちゃんと働いて彼女住ましてるなんて偉いよな。へー、なんかちゃんとしてるよお前。すっごいちゃんとしてる。それでさ、今日現場で迷惑かけちゃったからさ、何かしてあげたいと思ってさ、洗ってきたぞ。いつも会社に置きっ放しっていうのは良くないからさ。もう後は干せば良いだけだからな。今日のことはもう水に流してっていうかさ、明日からまた綺麗な状態でよろしくなっていうかさ。とにかくほら、これ。早く干さないと、生乾きの嫌な臭《にお》いするからな。もちろん、ちゃんと柔軟剤いれといたから安心だぞ」

サイズが合わないのに無理やり詰めたのだろう。片方の持ち手がちぎれたビニール袋から他弁が取り出したのは、水を吸って重たくなった作業着だった。横で福が息を飲む音が聞こえた。自分か他弁か。これはどっちに対してだろう。どっちに対してもだろうか。

とにかく、これで今までつき続けてきた嘘がバレたことは間違いない。福は、他人の作業着を勝手に洗った上に濡《ぬ》れたまま手渡し、それで恩を売った気でいる人間に度肝を抜かれたようだ。無理もない。他弁がこんな人間だと知っていながらも、自分だって今改めて呆然《ぼうぜん》としている。

「それだけだからさ。照れるし、もう行くよ。じゃあ、また明日会社で」

そう言って満足そうに帰って行く他弁の後ろ姿が夜に溶けた。夜って、本当にいつもこうやって来るよな。今日こそと目を見開いていても、結局いつも、いつの間にか来ている。それだけ忙しいんだ。忙し過ぎて、夜を見極めている暇なんてない。そんなことを思って焦りを誤魔化した。まだまだ、これから夜は長い。

あの日、長時間過ごしたクローゼットから出たばかりの体に、スースー風が吹き抜けて気持ちが良かった。本当にバレていたのだろうか。福が京輔にした話を思い出して、また首の後ろが重たくなる。普段はあれだけ手狭なリビングがやけに広々として、なんだか落ち着かない。軋《きし》む関節に力を込めて、両手両足を恐る恐る広げた。ちょうど頭の部分だけ座椅子の座面に乗った状態で、仰向けになる。毛先を伝って首筋に溜まった汗が座面の布地に染《し》みていくのを感じながら、別に良い、俺のものだと思った。

いつの間にか寝ていたようで、目を覚ますと、しんと静まり返った部屋が逆にうるさい。どこからともなく無音の轟音《ごうおん》が流れ込んでくるようだ。普段は自分で作り出している静けさを、時々こんな風に部屋側が作り出すことがあって、そんな時はいつも気味が悪い。こんな時こそ、悪夢でもみて目覚めたいのに、夢すらみることもできなかった。

乾いた汗の跡が体中を覆《おお》っていて、脱皮した蛇の気分でシャワーを浴びた。流れる水音に耳をそばだてて、玄関のドアが開く音を探したけれど、いつまでも見つからない。体を拭《ふ》いてリビングに戻っても、まだ福の姿はない。何度か送ったメールにも反応は無かった。相手の為というよりも自分の為に、その後も何度か重ねてメールを送った。

騒々しくドアが開いて、福がフローリングを踏みしめる足音が、頭を覆い尽くすタオルケット越しに聞こえた。強弱が不規則なその足音は、トイレの辺りで一度途絶えた後、しばらくして浴室に吸いこまれていった。

シャワーの音を聞きながら練った作戦通り、ベッドに潜り込んできた福に抱きつく。口の中に入れた舌で強烈なアルコールの臭いを嗅《か》ぐ。そのあとを、言い訳がましく歯磨き粉の匂いが追いかけてくる。間違えて知らない家のドアを開けたような気分で舌先を動かしてみても、どこにも帰る場所が無い。諦《あきら》めず、酷くさみしさだけが募る動作を続けながら服を脱がせていく。でも拒否はされていないという安心感をビート板代わりに、遠くまで泳いで行こうと努めるけれど、なかなかうまく行かない。暗闇《くらやみ》の中で、福の冷めきった目だけが光っている。

コンドームを取って戻ると、暗がりに慣れた目に、くっきりと福が映った。体の方はまだうまく誤魔化せていて、指でつまんでコンドームを被《かぶ》せ、いそいそと福の中に埋《うず》めた。そうすることで、無理やりにでも押さえつける事が出来ると思ったけれど、福の中にすっぽり包まれている時点で、まるで逆な気がした。

ぐにゃぐにゃと力の抜けた人形を相手に、一人芝居をしているようだ。深く押し込んでいるつもりが、実際はそこから離れた瞬間ばかりが印象に残ってしまう。悲しい時間だった。それでも、余計なものが入り込む隙を作らないように動き続ける。でも、そうすればそうするほどに、余計なのが自分自身だということが浮き彫りになった。

「あたし、別れることにした」

一瞬の隙間に差し込まれた言葉は、中が満遍なく詰まった、非の打ち所のないものだった。すぐに頭が追いつかず、理解できない。そうやって馬鹿なフリをするのが精一杯で、「ほんとうに別れるの?」などと確かめている自分が情けない。そもそも、付き合うとか付き合わないとか、そんなのではなかった。二人でコツコツ溜めていたポイントを勝手に使われたような悔しさが湧きあがる。ここで狼狽《うろた》える訳にもいかず、仕方なくそのままベランダへ向かう。煙草をくわえてもまだ動揺が収まらず、ライターを探して、裸なのについ胸や腰の辺りに手をやる。その後も、吸っているというよりただ吐いているといった方が正しい、全体的に悲しい一服だった。

次の日から福は確実に離れていった。粛々と、計画的に準備を進めている。部屋からどんどん物がなくなっていって、今クローゼットに入ったら、もっと快適だろうと思う。どうにかしてこの暮らしを維持する方法はないか、残り時間を計算しながら考える。今ごろになって、ようやく定着したこの生活を手放す圧倒的な面倒臭さの裏に張り付いた、愛情のようなものを実感している。

休日の朝、嫌な予感がした。家を出ようとしている福に尋ねると、不動産屋へ行くと言う。いよいよ追い詰められ、寝起きの頭にまかせて「クビになった」と嘘をついた。決死の覚悟で放った最後の一球が、当たった。すごい剣幕で怒鳴る福に、笑いを押し殺して、ぽつぽつと言葉を返す。こうなれば、もうこっちのものだ。これでどうにか首の皮が繋がった。明日からのことは、明日から考えればいい。そう思って、その日は何も考えずに過ごした。

翌朝、寝巻を下に着こんで家を出た。たとえ不自然に着膨れていても、通勤ラッシュの時間帯であれば、電車に乗ってしまえば問題ない。そもそもすし詰めの車内では、誰の服だってはっきり見えないのだから。普段から古本屋やレンタルビデオ屋に寄り道をして帰ることが多いせいで、福より先に家に着くことは簡単だった。

石鹸《せっけん》で手を洗い、洗面台の鏡を見ると、朝からの労働で疲れ果てた顔が映っている。

それでも顔中から溢《あふ》れる、仕事もせず家でダラダラ過ごしていたとはとても思えない程に満ち足りた疲労感は、やっぱり誇らしかった。

「お前の彼女、格闘家か何か？　セールスなんてスパーリング相手としか思ってないんでしょ。言葉の端々に、今マウント取りに行ってますよ感が半端ないよ。取ったら取ったで、また起こして上からのしかかってくるみたいな。なんか怖いよ。最後の、お義姉さんじゃないしの語尾に力入り過ぎて、もうちっちゃい〝つ〟を通り越して、お義姉さんじゃないシュってなってたよ……。渾身《こんしん》の右ストレートかよ。痛《いて》ぇよ……。お前、あいつやめた方が良いぞ」

電話口の京輔からは有益な情報を聞き出せなかったけれど、しばらくは順調にでたらめな日々を重ねていた。ほんのすこし、この生活を気に入ってさえいる。曖昧《あいまい》な線が断ち切られないよう、暮らしの端々に細心の注意を払う緊張感が、心地よくなってきている。熱し過ぎてもいけないし、冷ましてもいけない。そうやって以前よりも、福のことを考える機会が自然と増えた。長期戦に持ち込んで、弱ってきた所で一気に仕留めれば良い。死んだふりをして、淡々とその瞬間を待っている。そんな時に、事件は起きた。それにしてもあの時の他弁は、この上なく満たされた顔をしていた。

作業着は不気味な重みとともに右手からぶら下がって、思い出したようにたまに水滴を落としている。得体の知れない水ほど気色が悪いものはない。おそらくただの水だとわかっていても、そのしっとりとした感触につい毛穴が反応してしまう。洗濯機に放り込んで、洗剤と柔軟剤をたっぷり入れた。

ほどなくして大きな音を立てはじめた洗濯機が、互いに向けられた怒りと惨《みじ》めさを代弁してくれているような気がする。洗濯槽の中でのたうちまわる作業着を想像すると、体中に温かいものがじんわり広がった。言えないこと、言わなくてもいいことが山程あって、いつの間にか、それらを胸のうちに溜め込んでいた。何かを洗い流すということは、こんなにも暴力的でうるさい。相変わらず洗濯機が大きな音で震えているうちに、言わなければいけないことを言おうと思った。

「ちょっと話そう」

缶ビールを二つ持った福が、半笑いでリビングへ歩いて行った。

第六回

サヨナラ負け

尾崎世界観

駅から球場まで迷わず行けた喜びよりも、道案内の役割を果たしてくれた、贔屓《ひいき》球団のユニフォームを着て歩く観客に対する嘲《あざけ》りが勝った。ハロウィンもしかり、電車の中で平然とプロ野球チームのユニフォームを着られるような人間は特殊だと思う。自分には無い感覚で、自意識を超えたその忠誠心に、感心すらしてしまう。

手元のチケットを見ながら、ぐるりと目的のゲートまで歩いた。冷たい風が吹くなか、ウグイス嬢のかしこまった声と、スタジアムＤＪのわざとらしい声とが遠くに聞こえる。ところどころ間の抜けたトランペットの音に「ポコンポコン」というメガホンの音が重なり、外にまでその賑《にぎ》やかさが伝わってくる。

入場ゲートでは係員が手荷物検査をしている。自分の番になっても、声をかけるどころか目も合わせてこない彼に腹を立てた後で、自分がカバンを持っていないことに気がついた。

チケットをもぎられ、薄暗いスロープを徐々に登った先に、薄暮に浮かぶ人工芝が広がる。一歩進むたびに足にかかる負荷が心地良い。そう思えたのは、その先に広がる美しい景色があるからだ。子供の頃、父親に連れられて来た時とは違って、なんだか球場としっかり対峙《たいじ》出来ている感じがして、それが嬉《うれ》しかった。あの時は訳もわからずに、大きな球場と大勢の観衆に飲み込まれるばかりだったから。

思ったよりも目立つレフトスタンドの空席のせいで、かえって迷ってしまい、しばらく辺りを行ったり来たりした。思えばこんな時、福が選ぶ席はいつもハズレだった。映画館や電車でも、ガラガラの状態で選んだ席なのに、必ずと言っていいほどに変な人が寄ってくる。うるさいおばさんグループや、泣き叫ぶ子供を連れた母親。バスの中で、今にも死にそうなミイラそっくりの老人に席を譲ろうとしたら「年寄り扱いして、舐《な》めるな」と恫喝《どうかつ》されたこともある。そうして、福が選んだ席はハズレばかりだったけれど、どれも決まって面白かった。結局、一人で来ている気の弱そうなオッサンの隣に腰を下ろす。それと同時に、試合が始まる。

地味なプレイボールに拍子抜けしていると、反対側のライトスタンドが一斉に騒がしくなり、豆粒のピッチャーが投げた球を、豆粒のバッターが打ち返した。目で追う豆粒の上に、ビールの売り子が挙げた手が重なって、思わず舌打ちが出る。そんなことはお構いなしに、売り子は指にはさんだ千円札をひらひらさせながらアピールをしている。そのひらひらの奥で豆粒が忙しそうに走っていく。いっそ注文して一杯飲んでみようかと思うけれど、恥ずかしさが上回ってできない。周りの目がいっせいに集まって、こいつ一人で来てるなと思われるのは嫌だ。考えてみれば、外で何かを注文するのはいつも福だった。必要最低限の気遣いで、てきぱきと注文する福の姿を思い出す。

もうすっかり夜になり、照明に照らされた人工芝の上に、誰かが飛ばしたビニール袋が落ちた。非日常的な空間に不相応な生活感を詰め込んだ空のビニール袋は、照明塔の光をふわりと透かして、とても綺麗《きれい》だ。聞こえるはずもないのに、風にふかれて芝生の上を弾むビニール袋の乾いた音がする。前の席のサラリーマンとOLのカップルは、会話に夢中でまったく試合を観《み》ていない。テーブル代わりにした隣の空席に、食べ物を載せた紙のトレイや、持ち込んだ菓子類を広げている。その隣では、中年の夫婦が難しい顔をして前だけをじっと見つめている。お互いユニフォームを着込んで、お揃《そろ》いの帽子を被《かぶ》ってはいるものの、試合展開についての会話すらなく、淡々とグラウンドに集中している。後ろからは、応援歌に合わせた、少年合唱団のような甲高い子供の声が聞こえてくる。

試合が中盤に差しかかる頃には大差がついていて、最初のうちこそ大喜びだったライトスタンドも、もう疲れてしまったようだ。球場全体に、集中力を欠いたぬるい空気が漂いはじめた。負けていれば気にいらないし、勝ちすぎても気にいらない。程よく拮抗《きっこう》したうえで、なんとか競《せ》り勝つのが理想だ。気がつけば、上空も分厚い雲で覆《おお》われている。

隣のオッサンが「おーい、いい加減に抑えろよ～。予約してる時間に間に合わねーぞ。どうせ今日も試合終わったら打ち上げに行くんだろ。どんだけ打たれても次の日には、また気持ちを切り替えて、とか思ってんだろ。だったらせめて早く終わらせて気持ちよく飲みにでも行ってくれよ～」と贔屓チームの投手に野次を飛ばす。痩《や》せこけて頭の薄くなった、そのゴボウのようなオッサンから発せられる声は、意外にも野太い。ポツポツと雨が落ちて来て、すぐに本降りになった。慌《あわ》てて傘を広げる観客達に目もくれず、オッサンは続ける。

「おーい、雨降ってきたぞ。お前がしっかりしないからだろうがぁ。びしょびしょだよ！　おーい、どうにかしてくれよー」

それだけ言うと立ち上がり、荷物をまとめてそそくさと帰って行った。呆気《あっけ》にとられているうちに、周りの観客も席を立ちはじめる。雫《しずく》となって前髪から垂れた雨が、膝《ひざ》に置いた拳《こぶし》の先端に落ちる。その拳もすでにずぶ濡れで、もうこれ以上は変化がない。まるで防水加工の体を手に入れたかのようで、妙な感覚になった。しばらくすると試合が中断した。

グラウンドにはビニールシートが敷かれて、打ち込まれていた投手をはじめ、選手達はベンチに引き上げていく。いつの間にかスタンドはガラガラになっていて、敷いたばかりのビニールシートのくぼみには、すでに水たまりができている。慣れない野球場の外野スタンドで、大雨に打たれながら福のことを考えてみる。こうして突飛な行動をとれるのも、福という存在があってこそだ。帰る場所がなければ、冒険は出来ない。帰る場所がなければ、ただの迷子だ。

せまい通路は人でごった返していて、酷《ひど》い湿気にむせ返る。皆、小さなモニターに映し出された土砂降りのグラウンドを見つめながら、行き場のない表情を作っている。何度も人にぶつかりながら、隙間《すきま》を縫って出口へ向かう。記憶を頼りに駅を目指しながら歩いてみるけれど、なんだか心許《こころもと》ない。それでも、通りを歩いているうちに、やっぱりユニフォームを着た観客を見つけた。その先に地下鉄の駅が見えてきて、階段を降りる。カビ臭くて生ぬるい風が、ずぶ濡れの体を冷やしていく。まだ充分に夏が残っているとはいえ、秋もしっかりと感じさせる風だ。

売店で買ったタオルで頭をこすると、新しい繊維の匂《にお》いがした。ガラガラの電車に揺られながら考えてみる。どちらのチームを応援する訳でもなく、ただひとごととして試合を傍観する自分の態度は、福に対するそれにそっくりそのまま重なる。親族や友人を応援するのならまだしも、関係のない他人の一挙手一投足に一喜一憂する観客をみて、どこか羨《うらや》ましくもあった。好きという感情があるからこそ、結果に伴ってそれが喜びにも怒りにもなる。別にどちらのチームのファンでもない。ずっとそんな態度で福に接していたかと思うと、急に恥ずかしくなる。突然の雨で中断した試合の行方を、通路で雨宿りしながらモニター越しに見守る。そんな観客達の行き場のない表情にだって、はっきりと覚えがある。雨が止《や》んで試合が再開するのをただ待つしかないのは、今の自分の状況と同じだ。

電車を乗り継いで最寄駅に着く頃には、もう小雨になっていた。歩き慣れたはずのこの道でさえも、最近ではどこかよそよそしく感じられて、気が滅入《めい》る。アパートの前で、窓に灯りが点《つ》いていないことに安心して階段を登った。部屋の前で鍵《かぎ》を開ける際も、まだこうしてドアが開くことを不思議に思う。

誰もいないリビングにあぐらをかいた時、太ももに刺すような痛みを感じて、ポケットに入れたままの便箋《びんせん》を取り出す。丸めてつっこんだのに加えて、雨と湿気でしわの寄った便箋。いつも言葉が声にならないのなら、いっそ文字にしてみようと思い、手紙を選んだ。

二週間前、「ちょっと話そう」と福がくれたきっかけを自ら逃した。頭では理解しているのに、まあどうにかなるだろうという甘えから、言葉が喉《のど》に引っかかってしまう。「なんかないの?」という問いかけにも「ちょっとって言ったから。これ以上話すならちょっとの域を超えてくるけど」と返してしまい、一瞬で話し合いが終わった。放置して後回しにせず、その瞬間に対処しておけば最小限の傷で済むと、身をもって知っていたはずなのに。

現場から会社に戻ると、気まぐれな社長はやけに上機嫌で、「今日はみんな早く帰って、たまには嫁とか恋人を喜ばしてやれ。男は仕事するだけじゃダメなんだからな」と皆に伝えた。それを聞いた他弁が、眉《まゆ》を上下に動かしながら口をすぼめ、右手に持ったグラスを口元へ運ぶ動作をくり返し、飲みに誘ってくる。当然のようにそれを無視した。そんな理由で、珍しく十七時前に仕事が終わり、便箋を買いに新宿へ寄った。タカシマヤの文具売り場で、一番そっけない便箋を選んだ。その帰り、金券ショップの店頭で、プロ野球の外野自由席券が叩《たた》き売りされているのを見つけた。特に興味もないチーム同士の試合だからこそ、逆に球場に足が向いたのかもしれない。とにかく、どうでもいいことがしたかった。

ふと思い立って、中断していた試合の行方を検索してみる。iPhoneの画面に表示された数字を見て驚いた。試合再開後、大差で負けていたはずのチームが、いつの間にか同点に追いついている。あのゴボウのオッサンのことを思い出して、今頃どうしているだろうと気になった。もしかしたら思いとどまって、しばらく通路で雨宿りしたのち、今頃しれっとまたあの席に座って野次を飛ばしているかもしれない。

テーブルに便箋を広げてから、ボールペンを買い忘れていることに気づいた。引き出しの奥に転がっているボールペンは、見るからに覇気がない。やる気に満ち溢《あふ》れ、軽く押し当てただけでインクが溢れる。そんなボールペンとは真逆の雰囲気を漂わせている。ティッシュの箱に試し書きをすると、案の定まだらで頼りない線になり、強く押し当てたら紙がへこんで小さく穴が空いた。今からコンビニへ買いに行こうか。そう思うけれど、雨に濡れて冷え切った体は重たい。便箋を買いに行ったうえ、プロ野球まで観に行ったのに、ボールペンは買いに行くことができない。自分の行動力のムラに、自分で振りまわされる。一度シャワーを浴びてから考えようと、熱い湯に髪を濡らせば、余計外に出るのが億劫《おっくう》になった。こうして、ひとつ先の行動すらうまく予測できず、結局自分で自分を追い詰めることになる。何事も後回しにした結果、予定通りまわってきたツケに絶望して怒りだす。わかっているのに、気がついた時にはいつもこうだ。

髪を乾かしてクローゼットから丁寧に畳まれたTシャツとスウェットをひっぱり出す時も、なんだか申し訳ない気持ちになる。自分の着るものがしっかりと畳まれているこの日常が、ふと違和感となって襲ってくる。便箋を取り出して、ボールペンを握る。小学生の頃、スーパーファミコンの本体と一緒に買ってもらった中古のゲームソフトが壊れていたのを思いだす。高い買い物をしてくれた親に遠慮して、わざわざ中古のソフトを選んだ自分を恨んでももう遅い。あれだけ欲しかったスーパーファミコンも、ソフトが無ければただの箱だった。

それでも、まだあるだけましだと思って、使えないボールペンを便箋に押し付ける。

この家にはまともなボールペンも無いのかとイライラする。もっとちゃんと探せばあるんだろうけど、どこまで探して良いのかわからない。どこまで深く探す権利があるのかはっきりしないから、いつも息苦しい。だったら好きなだけ息が吸えるように、自分から積極的に動いて、自分の居場所をはっきりさせろと思うだろうけど、それができたら、たかがボールペンひとつでこんな気持ちになってないでしょう。思ったことを伝えようとしても、それを伝える前に勝手に受け取ってしまう。iPhoneの予測変換を使うとなんか負けたような気持ちになるのは自分に自信があるからだって前に言ってたけど、福と会話してると、予測変換みたいに、福が思ってることが先に出てくる、ような気がする。目に見えるものよりも、目に見えないものに気をとられる。いつからか将棋のような関係性になっていましたね。なぜ将棋かというと、将棋というのは、お互いの次の一手を読み合うものだからです。そうやって先まわりしてるうちに、ちゃんと向き合うこともなくなりましたね。駄目な奴《やつ》だと思われているうちに、駄目な奴になった。さっきからなぜか敬語になってしまっているのは、このクソボールペンのせいで書いた文字がかすれて、それを見ているとなんだか申し訳ない気持ちになるからです。そうやってまた他人のせいにしてって言われそうだけど、これは人じゃなくてボールペンです。それにこのかすれ具合が、絶妙に、心の底から搾《しぼ》り出したみたいな必死さを表してるようで恥ずかしいです。今までこうして思うままに気持ちを伝えたことがないから、とまどうでしょう。思うままに伝えたってこうやって理屈ばかりこねてしまうけど、もう最後だから。最後っていうのはそっけないし、つまらないね。悲しいとか寂しいというよりも、つまらない。その瞬間から先が真っ暗になるだけで、終わりすらないんだろうな。でも、なんとなく一緒にいるようになった二人には、明確な始まりもないもんな。だから、なんか損した気分だ。こんなことになるなら、もっと気持ちを伝えて、ちゃんと始めておけば良かった。

思ってることを伝えて、泣かせたぶんだけ笑わせれば良かった。ろくなことも書けずにダラダラここまで来て、やっと核心に近づいたのに、クソボールペンのインクが出なさ過ぎてなんかもう彫刻みたいになってる。書いてるというより、彫ってる。なんとかやり直せないのかとか、まだ話したいことがあるとか、好きだ、とか。そこまでたどり着けずにインクが切れた。どこにいても何をしてても、自分のものじゃない。まるで借金そのもの。そんな生活もこれで終わりか。返せるものが鍵だけだなんて、最後まで本当に申し訳ない。

ここまで書いて、ミミズののたくったような字に呆《あき》れた。便箋の裏面には、血管のような文字の跡が浮き出ている。バカらしくなってゴミ箱に捨てて、新たに取り出した白紙の便箋を一枚、テーブルに置いた。どうしようもなくなって最後の最後、白旗のように置いた便箋はただ真っ白で、すこし気持ちが良い。

もう一度野球速報を確認してみる。すると、延長十一回で試合が終わっていた。追いついたのに結局負けてしまうなんて、時間の無駄だ。期待させるだけ期待させてダメになるのなら、もう最初から無い方が良いのかもしれない。オッサンに野次を飛ばされていたあのピッチャーは、きっと予約の時間には間に合わなかっただろうな。ぼんやりそう思った。

ひとり相撲

千早　茜

　英会話教室の入った雑居ビルのエレベーターは貨物用かと思うくらい揺れる。そして、なぜか二階止まりだ。昼でも薄暗い階段を下り、しんとした一階の廊下を早足で通り抜け外へでる。一階は家賃が高いのか、道に面した空店舗のガラス窓には「テナント募集」の紙が貼《は》られたままだ。

　これからは海外出張も増えるから、と佐伯さんに言われて通いはじめた英会話教室は思った以上に楽しい。もともと語学の勉強は好きだったし、こうして代替休暇を使ってまで個人レッスンを受けていると、時間を有意義に使えている気分になる。習い事をする人間を意識高い系と斜めに見ていたが、いざはじめてみると学ぶことで埋められていく時間は気持ちの良いものだった。

当の佐伯さんはこのところぐっとお爺《じい》さんめいた。白髪染めがおろそかになっているせいだ。白髪交じりの髪は全体的にぱさぱさとしている。以前の不自然に黒々とした髪よりも人間らしくなっていいと思う。

日本語以外の言語は普段とは違う自分になれることが面白い。まだ語彙力《ごいりょく》のないあたしは単純で簡潔な会話しかできない。例えば、スポーツは好きかと訊《き》かれても、好きと嫌いの間にある灰色のグラデーションを表現する単語が浮かばない。すると、それはないものになった。英語を使っている間だけあたしは白黒はっきりした明確な人間になることができ、違う言語と一緒に違う人格を手に入れたような気分になった。

ただ唯一《ゆいいつ》の不満はこの一階の空店舗で、来るたびに気にかかる。早くコンビニでも入ればいいのに。

埃《ほこり》でくすんだガラスごしに、壁紙もなく配線が剝《む》きだしのがらんとした室内が目に入る。その殺伐とした景色は、はじめて大輔と出会ったビルを思いおこさせる。廃棄物を抱えた作業着姿の大輔が柱の陰からあらわれそうだ。

そんな想像をしてしまうたびに、大輔のついていた嘘《うそ》がセットでよみがえる。大輔の同僚が持ってきたびしょびしょに濡れた不快な作業着のように気が重くなる。

「意味わかんないんだけど」

奈津子に相談すると、あたしが大輔に吐いたのと同じことを言った。おそらく表情も同じだっただろう。当たり前だ。まともな人間なら理解できるわけがない。ということは、あたしはまともで、大輔はまともじゃないということなのか。そういう線があたしたちの間に引かれているということだ。

「おかしいって、その人」

奈津子はきっぱりと断定してきた。

「だってさ、なんでわざわざそんな得にならないような嘘つくの？　会社クビになったって、笑い話じゃないよね。関心ひきたくて？　遊び心で？　どっちにしてもヤバいでしょ、付き合いきれないって」

「まあ……」

喋《しゃべ》りかけたあたしをさえぎるように「てゆうか、別れたんだよね」と釘《くぎ》を刺された。

「まだ好きなの？」

英語だったらイエスかノーかくらいしか選択肢がないのに、曖昧《あいまい》な日本語を駆使して「もう好きとかじゃないかな」と薄ぼんやりしたことを言ってしまう。

「じゃあ、なに？」

訊かれて答えられなかった。一度は決めたはずの別れが、大輔のおかしな嘘を許容したことで、はっきりしないものになっている。いや、許したつもりはないのだけれど、生活が続くことによってなんとなくうやむやにされている。あのとき、一縷《いちる》の望みを託して「なんかないの？」と訊いてみたが、くだらない屁理屈《へりくつ》で返された。大輔は拗《す》ねていた。おそらく自分が悪いとはわかっているのだろうが、怒られたら条件反射のように不機嫌で頑《かたく》なな態度を取るのが大輔という人間だ。ふてくされた顔を見ているうちに面倒臭くなった。反抗期のガキか。くだらない、と思ってしまえば、怒る気力もわいてこない。次の日も早かったので、簡単な夕食を作り、風呂《ふろ》に入って寝た。

要するに、いままでの関係に逆戻り。

「二条はさあ、先のこと考えないの？」

奈津子は大げさなため息をついた。少し演技じみて見える。

「結婚したいとか、子どもが欲しいとか。まだ先のことは考えられなくても、同じ趣味が欲しいとか、一緒に旅行いきたいとか、なにか共有するもの欲しくないの？　だってさ、あんたたちってまともなデートすらしてなくない？　いつもなんかトンチンカンで、最後は喧嘩《けんか》になって。だいたいあんたが一方的に面倒見てやってるだけだし、コミュニケーションも取れない。そんな相手とこの先やっていくのは無理でしょ。だいたいその人といてなんか得ある？」

　呆れられている、と思うと、なにも言えなくなった。奈津子の言っていることはもっともだ。あたしだって将来のことは考えた。考えて別れたはずなのに、なぜかこうなってしまっている。結婚して、子どもを産んで、ちゃんと食いっぱぐれない資格も持っている人にもっともなことを言われ、情けなくなった。言葉を失《な》くしていると、とどめを刺すように言われた。

「自分がいなきゃとか思ってんだったら間違いだからね。そんな献身は愛じゃなくて自己満足だから」

　それが、二週間前のこと。あたしの状況は変わらないまま、これから奈津子とお茶をする約束がある。くすんだガラス窓の前から足が動かない。暑くも寒くもない、気候の良い昼下がりだというのに。

　雑居ビルからカナダ人講師のエリックが軽快な足取りででてきた。「フク！」と片手を挙げ、また来週楽しみにしているよ的なことを濁りのない笑顔で言う。来週は行けるかわからないと思ったが、うまく英単語を並べられず「シーユーネクストウィーク！」と高いテンションで返す。絶対に大輔には見られたくない姿だ。自然にあがった口角がエリックの後ろ姿を見送るうちに下がっていくのがわかった。

まだ別れていないと奈津子に言ったら絶対に責められるだろう。一度相談した手前、報告はしなくてはいけない。相談に乗ってくれるのはありがたいが、もらった助言を生かせないと険悪な空気になりそうで怖い。その助言が正しければ正しいだけつらい。わかっているよ、と思うが、一度相談した手前、放っておいてくれとも言えない。大輔があたしに怒られるときはこんな気分なのだろうか。

肩かけ鞄《かばん》の中で携帯電話が震えた。取りだそうとして、後ろから歩いてきたサラリーマンに肘《ひじ》がぶつかった。謝りながら、歩道の端に寄る。

奈津子からの着信だった。まだ待ち合わせ時間まで三十分以上ある。耳にあてた携帯電話から、くぐもった変な呻《うめ》き声が聞こえてきた。吐いているようでもある。数秒かたまり、鼻水をすする音で嗚咽《おえつ》だと気づく。その間も奈津子は泣き続けていた。

「奈津子、どうしたの?」

そう言うしかない。

奈津子は「ごめ……、ごめ……」としゃくりあげ、息を吸うと「ごめん、今日いけない」と一気に言った。

ただごとならぬ雰囲気に、目の前にいるわけでもないのに視線がさまよってしまう。

「ん、わかった。じゃあ、落ち着いたら……」

「モモが死んじゃった」

記憶を探り、奈津子が中学のときから飼っていた犬だと気づく。顔がくちゃくちゃした、確かパグとかいう犬種で、鼻息がすごく荒かった。あたしはひそかにふがふが犬と呼んでいた。もうずいぶん老犬になっていたはずだ。最近は寝てばかりで散歩にも行きたがらないと少し前に聞いた気がする。

「昨日はめずらしくよく食べたのに、朝起きてこなくて……気がついたら……」

奈津子は泣き続けている。どんどん泣き方が激しくなり、モモの鼻息のような音になる。慰めの言葉が浮かばない。ペットを飼ったことがないあたしが一緒に悲しんでも嘘くさい気がした。現に、泣いている奈津子に動揺しているだけであって、数回撫《な》でたことがあるだけの犬の死に心が動いているわけではなかった。

「いつもそばにいてくれたのに」

奈津子が言った。なんとなく口調が子どもっぽくなっている気がした。

「これからもそばにいるよ、きっと」

おそるおそる言うと、「うん、ありがとう」と返ってきたのでほっとする。薄っぺらい言葉だと我ながら思う。共感できないという罪悪感に耐えられなくなって、「できることとあったらするし言ってね」と電話を切る方向に持っていく。旦那《だんな》や家族のほうが奈津子の気持ちを汲《く》んであげられるだろう、と自分に言い訳する。

奈津子の嗚咽と鼻声が聞こえなくなると、急に肌寒さを覚えた。ふがふが犬モモの妙に長い舌の感触をいまさらながら思いだす。よだれがべとべとして、舐められたあとが臭くて閉口した。みっちり中身が詰まった感じがする体で、よく人に寄りかかってくるやつだった。暑苦しい犬だよ、と奈津子はよく笑っていた。同意するわけにもいかず困った覚えがある。悪態をつけるのは飼い主だけの特権だ。

死ぬまで奈津子のそばにいられたのは幸せだったんじゃないかと言ってあげれば良かった。でも、犬の気持ちはわからない、とも思う。迷いがあると言葉はでてこない。

ジャケットをはおり歩きだす。ぽっかりと時間が空いてしまった。

コンクリートにヒールの音がこつんこつんと響く。自分のまわりの音がやけに耳につく。予定がなくなると、道行く人々がおしなべて忙しそうに見えてくる。

ふと、思う。大輔が死んだらあんな風に泣けるだろうか。

もし大輔がベッドで冷たくなっていたら、驚きが先にくるだろう。それから、なんだか、ほっとする気がした。離れずに終われたことに。先のことをもう考えなくていいことに。そして、誰かに取られずに済んだことに。

疑似的なものとはいえ、人の死に安堵《あんど》を覚えたことにぞっとする。前の彼氏には抱かなかった独占欲が大輔に対しては根深く存在するのを感じた。嫌なものだ。こういう雑草みたいな感情は、抜いても抜いても生えてきて始末に負えない。

フランスの有名パティスリーの路面店に行き、来週訪問予定の取引先への手土産を買う。ショーケースの前には女性たちが群がり、若い女の子たちがイートインの列を作っている。ひとりで来ているのはあたしだけで、みんな菓子に目を泳がせながら高い声でお喋りをしていた。焼き菓子の賞味期限をチェックし、箱に詰めてもらう。せっかくだから多めに注文し会社に送ってもらうことにする。華やいだ店内で包装紙やリボンの色を選んでいると、大輔のことは霧散していった。

さくさくと配送手続きを終え、ショーケース前のかしましい一群から抜ける。テーマパークのように装飾過多な扉を押して外にでた。

空が高い。うろこ雲が泡のように浮かんでいる。

家に帰るのは、なんとなく癪《しゃく》だった。

さて、どこに行こう、と見まわした目がビジネスホテルの看板で止まった。

カードキーをかざすと、小さな緑の光がまたたいて、なめらかに鍵が解除された。

家のがちゃがちゃとした鍵とは大違いだ。

ときどき、先に帰った大輔が鍵を閉め忘れていて、鍵を開けたつもりがかけてしまっていることがあった。ドアノブに硬く拒絶され、自分の家に入れない驚きが瞬時に怒りに変わる。薄暗い廊下でまた鍵穴を探り、玄関で「ちゃんと鍵かけてよ！」と怒鳴っても、定位置に座った大輔は白けた目を向けてくるだけだった。あたしたちは家の鍵ひとつとってもスムーズにいかない。

シングルの部屋はベッドが空間のほとんどを占めていたが、必要最低限のものが適切な場所に収まっているせいですっきりとした空間になっていた。清掃したばかりなのか、かすかに洗剤めいた白っぽい香りがする。

コンビニ袋とコーヒーチェーン店の紙袋を書き物机に置く。籠城《ろうじょう》するかのように食料をあれこれ買い込んできた。椅子《いす》をひいて座る。自分のものが一切ない部屋に、カフェラテの甘く芳《こうば》しい匂いがひろがっていく。

静かだ。空調機の音しかしない。室温もちょうどいい。薄いカーテンを透かした、秋の透明な日差しが床に線を描いている。

窓から隣のオフィスビルが見えた。スーツ姿の人々がパソコンに向かったり、ファイルを持ってデスクからデスクへと動きまわったりしている。泊まりで出張に行くことはあるが、太陽のでている時間帯にホテルの部屋に入れることは少ない。

ヒールを清潔な床に放る。ここにはあたしを苛《いら》つかせる、脱ぎっぱなしの靴下とか、缶ビールのべたつく丸い跡とか、流しに放置された洗いものはない。他人の不潔な痕《こん》跡《せき》を片付けなくていい。あたしが汚しても、知らない誰かがきれいにしてくれる。

コンビニで買ったプリンとサンドイッチを冷蔵庫にしまう。カフェラテをすすり、アイシングで手をべたべたにしながら甘いシナモンロールを食べた。手をぬぐった紙ナプキンを丸めて投げる。ゴミ箱の縁ではねて床に転がったが、気にせずそのままにしておく。

思いつきで飛び込んでみて正解だった。カフェで時間を潰《つぶ》すより、買いものをするより、エステに行くより、ずっと自由だ。今日はもう家に帰らなくていい。夕飯の支度もしなくていい。大輔との微妙な空気をテレビの音でごまかさなくていい。なんて楽なんだ。

満たされた気分でストッキングを脱ぐと、あたたまった体にゆるゆると眠気が這《は》いのぼってきた。

カーテンで窓を半分だけ覆い、スカートを下ろす。シャツもキャミソールもブラジャーも剝《は》ぎ取って椅子の背もたれに乱雑にかけ、パンツだけになってベッドに入る。さらさらと冷たいシーツが肌に心地好《ここちよ》い。ふっくらした枕《まくら》に頭を埋め、すみずみまで四肢を伸ばすと、腹の底から「うあー」と変なため息がもれた。

目を細めて窓の外を見る。かすかに空が見えた。

体育の授業をずる休みしたときの保健室みたいだった。シーツの手触りと空気の匂いが同じだ。かすかな罪悪感とわくわくが入り混じった気持ちも。

寝返りをうつと、シーツが乾いた音をたてた。ベッドのスプリングが敏感で、ゆらゆらと体が揺れる。揺れがなくなるのを待っているうちに眠りに落ちた。


雨の音で目が覚めた。部屋は紺色に沈んでいた。

深い眠りのせいで、ここがどこかわからなくなる。伸ばした手に触れたのは張りのある枕だった。大輔のぺたんこの枕じゃない。邪魔臭い大輔の体も、癖のついた髪もない。ぱたぱたと手で探る。ベッドの半分が空洞だ。

サイドテーブルのデジタル時計を見て、ビジネスホテルの部屋だと思いだす。どうしてホテルって、シングルの部屋でも枕が二個以上あるのだろう。まぎらわしい。

寝汗をかいていた。部屋はエアコンがききすぎて暑いくらいだ。起きあがり、しばらく窓の外の雨を眺める。雨水がガラスを流れて、景色が灰色に滲《にじ》んでいる。大輔からの連絡はない。

パンツ一枚のまま立ちあがって、もう半分のカーテンも閉める。急に部屋が夜になる。照明を点け、サービスの飲料水のペットボトルに直接口をつけて半分ほど飲んだ。ひさびさに集中して眠った気がする。頭も体も水で洗い流したようにすっきりしていた。

ルームサービスのメニューでもないかと机の引きだしを開けると、合皮のバインダーに挟まれた便せんと封筒を見つけた。ご丁寧にペンまでついている。すべてが想定内の場所にきちんと収まっている。安心感はあるけれど、ずっとここにいたら馬鹿《ばか》になりそうだ。

バインダーごとひっぱりだし、ベッドに転がる。脇《わき》の下に枕をあててうつ伏せになり、ペン先をだす。

便せんにはホテルのロゴがブルーのインクで印字されていた。その下に、大輔へ、と書いて、迷う。

挨拶《あいさつ》を書くのも間が抜けている。けれど、挨拶がなくてははじめかたがわからない。はっきりしたはじまりのなかった、あたしと大輔の関係とはまるで違う。あたしたちは乗り方を教わらずに乗った自転車でふらふら漕《こ》ぎだしたような関係だった。だから、きっと止まり方もわからないのだ。

挨拶を省いて、奈津子の犬が死んだんだって、と書く。

――奈津子が誰か、わかる？　あんたのことだから私の友人とか興味ないよね。いつも話半分に聞いてるの知ってるよ。別れたら、そういう興味ないものが減って楽だね、きっと。まあ、話を戻すと、その奈津子が十年以上飼っていた犬がいて、その犬が死んじゃったから、私はいまこうやって手紙を書いているわけで、ちょっとだけ最後に付き合ってください。怒ってるときに敬語になるってよく指摘されたけれど、これはそういうのではないです。文章だとどうも語尾のおさまりが悪くて落ち着かない。死んだ犬はモモっていって、いつもそばにいてくれた、と奈津子が言ってた。犬って自分の意思で飼い主のそばにいるものなのかな。私だったら疑ってしまいそう。こいつ、餌《えさ》をもらえるからここにいるんだろうなとか、別に私を選んだわけじゃないよねとか、卑屈なことを考える日がある気がする。でも、奈津子は疑ってないみたいだった。やっぱりそれは犬だからなのかな。毎日、尻尾《しっぽ》をふってくれるだろうしね。いつもそばにいるってすごく難しいことじゃない？　約束もなく、ただ、その日、その日を一緒に過ごす。それだけのことが人間同士だとうまくいかない。大輔はちょっと犬みたいだね。ごろごろしながら私の帰りを待って、私の作ったものを食べて、私の横で寝て、たまにくっついてきたりする。なんにもしてくれない。言葉も約束もくれない。責任とかいう概念すら知らないでしょ。呆れるくらい馬鹿なことをするし、ぜんぜん学習しないし、進歩もない。会ったときからそのまんまで、でも老いてはいく。これじゃ犬以下だ。可愛《かわい》げもないし。こういうことを言うからいつも喧嘩になるんだけど、その通りだから大輔だって怒ったりいじけたりするんでしょう。正直言って、私、もう大輔に期待はしていない。悪い意味でも、良い意味でも。だって大輔は大輔だから。私にはもうそれ以上でも、それ以下でもなくなっている。恋人らしさや夫らしさを求めても、もし私のために変わってくれたとしても、それはもう大輔じゃないような気がする。犬がある日突然AI内蔵のロボット犬になって、家電のコントロールやネット検索なんかをしてくれるようになったら、役にはたつだろうけど、もうそれはなんとなく犬とは呼べないみたいに。だからといって、大輔のすべてを肯定できるかと言えばそうじゃないけど。だから、私はもうあんたになにをして欲しいのかよくわからない。でも、いま、このきれいな部屋には大輔のものがひとつもなくて変な気分です。髪の毛一本すらない。清々《すがすが》しいくらい、なんにもない。排水口に溜《た》まったあんたの陰毛や髪の毛を掃除するのって、めちゃくちゃ鬱陶《うっとう》しいんだよね。でも、なんにもないとなんだかつまらない。寝る前と起きた後で部屋がなんにも変わっていなくて拍子抜けする。冷蔵庫のプリンをあんたがこそこそと食べたりもしていない。これから私のものしかない部屋で、私だけで一日をくり返していくと思うと、苛々は減りそうだけどちょっと張り合いがなさそう。いつか、あんたのわずらわしさが懐かしくなるのかもしれない。気の迷いかな。奈津子に言われたんだ。献身は愛じゃなくて自己満足だって。私のこれはそうなのかな。でも、それなら犬に餌やって可愛がるのだって、愛じゃなくて自己満足にならない？　みんなさ、いろいろなものを愛とか好きとか口当たりのいい言葉で覆って、見ないふりしてるだけじゃないかな。大輔はどう思う？

そこまで書いてペンを置いた。手が痛い。ペンを使って書くと手が疲れることをひさびさに実感した。指の関節を伸ばすとぽきぽきと鳴った。

雨はまだ降り続いている。不思議な気分で書いたものを読み返す。自分のもののようで自分じゃない誰かが書いたような言葉。字は途中から面倒臭そうに乱れている。

犬と人の違いは、言葉で意思を示せるかどうかだ。あたしが大輔にしてきた行為が愛か自己満足か、犬には決められないが大輔は決められる。あたしはきっと大輔に決めて欲しいのだ。

しばらく考えて、大輔へ、の上に二本線をひく。こんなもの、ひとり相撲だ。問いかけても、大輔からの答えは多分ない。いままでだってそうだったし、これからもそうだろう。大輔だけではない、誰とでもそうだ。向かい合う相手の本心なんかわからない。言葉をもらっても百パーセント信じられるわけもない。あたしは犬の真意すら疑ってしまうような人間なのだから。だとしたら、自分の問題だ。結局、あたしにとっての恋愛は、自らの期待との戦いなのだ。

以前、別れを決めて吹っ切れた気がしたのは、期待しないという状況が楽だっただけで、ひとりになりたいわけではなかった。

ひとりになってみて、わかった。

立ちあがると、姿見の中の自分と目が合った。パンツ一枚でなにをしているんだろう。本当に相撲みたい。笑い声が静かな部屋に虚《むな》しく響く。

便せんをたたんで封筒にしまうと、鞄の中の手帖《てちょう》に挟んだ。家に帰ろう、と思った。

フロントの眼鏡の男性にカードキーを返すと、「ご宿泊と伺っていますが……」と言いにくそうにあたしの顔を見た。化粧直しをするのを忘れていたことに気づいたが、「それで結構です」と笑顔を作る。「かしこまりました」と男性は頭を下げ、「よろしければお使いください」とビニール傘をくれた。よほど訳ありに見えるのか、変に気を遣われた。

地下鉄の階段を上ると、雨は止んでいた。澄んだ空気の中、歩き慣れた道を家へと向かう。スーパーには寄らず、まっすぐに最短距離を行く。足が軽かった。ずいぶん久しぶりに。

部屋の窓の明かりを確認して、薄暗い廊下を進む。なんとなく鍵をかけ忘れているような気がして、ドアノブを摑《つか》むとやはり抵抗なくドアが開いた。

めずらしく素早い動きで大輔がふり返る。ローテーブルの上に白いものが見えた。なにも書かれていない真っ白な紙。大輔が体をずらすようにして隠す。けれど、床によれた便せんの袋が置いてあるのが丸見えだ。

意外な景色に驚いて、それから、可笑《おか》しくなった。なんだ、あんたもひとり相撲か。あたしたちは、ほんとうになんだってうまくできない。

大輔の髪がぱさぱさとしている。シャワーを浴びたのだろう、シャンプーの香りもする。あたしたちの生活の匂い。「濡れたの?」と笑いかける。面白くないというような表情で「まあまあ」と大輔が答える。

「ごはんは?」

「まだ」

別れの手紙なのかもしれない。ふと、そんなことが頭をよぎったが、「なんか作るね」と言うとあんがい素直に頷《うなず》いたのでほっとした。ほっとできたことに安堵して、鞄の上から手帖をそっと撫でる。

大輔はわざとらしく雑誌をひろげて便せんを隠している。

馬鹿、見えてるって。

濡れたまま丸められたバスタオルをつまみあげ、いつものように大輔を叱《しか》りつけた。

『犬も食わない』文庫化記念ロング対談　尾崎世界観×千早 茜

単行本の刊行からはや四年。
文庫化にあたって両著者が振り返る、共作の苦労、
書き手としての自分の変化や、恋愛を書くことについて——。
連載時の〝マメな打ち合わせ〟の雰囲気も伝える、
豪華約三十頁の超ロング対談をお届けします。

二日酔いのアフタヌーンティー

尾崎　二〇一六年でしたよね？　最初の打ち合わせは。

千早　年表を作ってあります。

尾崎　おお。

千早　最初は二〇一六年の九月二十八日でしたね。そのあと「十一月六日、大阪にて。尾崎さん超二日酔い」と書いてあります。

尾崎　あれは難波《なんば》でしたね。それが二回目ですか。

千早　そうです。タイトルはまだ決まっていなくて、尾崎さんが考えた『腐人口論』の案もありました。MCバトル小説をやろうという話だったので。

尾崎　最悪なタイトル（笑）。

千早　それはやめていただいて（笑）。

尾崎　やめておいてよかったです（笑）。

千早　大阪では、尾崎さんが体をまっすぐにできないほどのひどい二日酔いの中、頑張ってくださって。

尾崎　本当に申し訳なかったです……あのときは難波でライブが二日間あったんですが、あまりうまくいかなくて、悔しくて飲み過ぎたんです。

千早　打ち合わせ場所がホテルのラウンジで、私と担当さんはアフタヌーンティーセットを前にうきうきとしていました。

尾崎　そう。すごかったです。お菓子がいっぱいで。あんなに豪華なもの、あれ以来見たことないです。でも一口も食べられず……。とにかくこんな状態じゃ申し訳ないと思って、逆に集中してしっかり打ち合わせができました。

千早　尾崎さんがアイデアをどんどん出してくれて、主人公たちの名前や「出会い頭の衝突」といった設定を決められました。でもその後、タワレコで倒れていた、とツイートで見てびっくりしました。

尾崎　従業員専用の休憩スペースで寝かせてもらっていました。人生で一番ひどい二日酔いでした。

千早　そうでしたか。

尾崎　だから却《かえ》って覚えています。『犬も食わない』の最初の大きい記憶です。

千早　打ち合わせは連載中もマメにやりましたね。

尾崎　マメでしたね。毎回四時間ぐらい打ち合わせしていましたね。

千早　はい、おやつをならべて。雑談も多かったですけど。
尾崎　ラップのMCバトルを小説で書きたいというのがあったので、カップル、「大輔《だいすけ》」と「福《ふく》」がけんかをするというう方向性は大枠として決まっていましたよね。
千早　そうですね。敵が外にいて共闘しているときもありました。
尾崎　そう、なぜか二人プレイもある。
千早　第一回は二〇一七年二月に掲載して、第二回からは yom yom が電子書籍になったんですよね。そして二〇一八年十月に単行本を刊行しました。連載は一年ぐらいでしたね。
尾崎　一回、どうしても書けなくて掲載を飛ばしたりもしました。とにかく書けなくて……。
千早　毎回尾崎さんの大輔編と私の福編の順序を入れ替えて、先に書く先攻と、それを受ける後攻を交互にやっていましたからね。
尾崎　先攻・後攻ありましたね。
千早　私はこの『犬も食わない』の第一回が、初めての共作の先攻で。この作品の後に、エッセイですけど、書店員でストリッパーの新井見枝香《あらいみえか》さんと『胃が合うふたり』の共作もやりました。それはずっと私が後攻だったんです。
尾崎　どっちのほうが書きやすかったですか？
千早　小説とエッセイで違いがあるので

どちらとも言えないんですけど、緊張感は毎回入れ替えたほうがあります。お互い、投げることにも受けることにも慣れてくるので。

尾崎　確かに。やることが一緒になりますよね。読んでいる人はどうなんでしょう。『犬も食わない』みたいに、書き手の順序が毎回変わるのは、読みやすいんでしょうか。

千早　昨日の夜、改めて読んだんですが、

尾崎　やばい。こっちはまだ読めてません……一気に読めましたか？

千早　一気に読めましたよ。単行本は四年前じゃないですか。だから、きっと耐え難いだろうなと、ぎりぎりまで読まずにいたんですけど（笑）、すごく滑らかでした。私は書いたものは忘れてしまうので、あれ、これどうやって作ったのかなと思ったぐらいに。

尾崎　それは意外ですね。

千早　はい。エッセイは一緒に食事に行って書くという形式だったので、どうしても後攻の私が、先攻が書かなかった箇所を書き足す、という感じになってしまって。こちらの小説は、細かい設定を最初に打ち合わせで決めてあって、「尾崎さんはここから書いたんだ、では私はここからやっていこうかな」という感じであくまで違う視点で進められ、補足ではなかったのが良かったです。

尾崎　なるほど。模索するという感じですね。でも、あえて書かないところもあ

りましたよね。大輔と福が付き合うことになった回とか、ここは多分書かないいまのほうがいいというのがあって。

千早　そうですね。小説って、頭の中でできたものを全部書くわけじゃないじゃないですか。その出し方のあんばいがすごく良かったんです。

尾崎　そうですよね。

あの頃に戻って書き直したい

尾崎　それで、どうして読めなかったかというと、ちょうどエッセイの文庫化も同じタイミングであって、ゲラを直していたら止まらなくなったんです。ひど過ぎて。

千早　『泣きたくなるほど嬉《うれ》しい日々に』ですか？　でもエッセイは直しようがなくないですか。

尾崎　めちゃくちゃ直しました。もう文章として恥ずかしい。無駄な所が多いし、「こう思ってもらいたい」という自己顕示欲が出過ぎていて。だから「これは見ると止まらなくなるぞ」と思ったんです。全部変わると思いますよ、物語が。

千早　意外にも、文庫で直しますか？

尾崎　はい、かなり……。レコーディングは「諦《あきら》める」作業なので、諦めることには慣れているんですけど。

千早　諦める作業なんですか？

尾崎　何回かテイクを重ねるうちに、何テイク目かで「もうこれにしようか」という諦めが出てくる。

千早　そうなんですね。

尾崎　歌詞もそうです。レコーディングの期日までに書くことが決まっている。でも細かく書いても、メロディーにかっちりハマるわけじゃないし、逆にメロディーがその歌詞に引っ張られて変わることもある。語尾などの細部をレコーディング直前にもう一回詰めるんですけど、その中でもまた諦めていく。メロディーだけのほうが自由だけれど、言葉がないと意味がないから、言葉に譲ってメロディーを諦める。とにかく、この「諦める」が、自分の表現には大切なんです。

千早　ゲラのときはどうですか。

尾崎　同じです。全部リズムで読んでしまうんですよね。ここで点を取ったのに、なんかまた気になるなとか。そのときの気分もあって。でも三回くらい直したら、やっぱり諦められますね。

千早　そうなんですね。『犬も食わない』が単行本になる時はあまり直さなかったですよね。

尾崎　あのときは諦めたというより、絶望したんです。それでこの拙《つたな》さを、いとおしいと思う方に気持ちを振ってみました。

千早　そんな（笑）。

尾崎　山が険し過ぎて。いとおしいと思うほうが、若干傾斜がなだらかだった（笑）。

千早　尾崎さんパートはあちこちに行のアキがあるじゃないですか。これは、単行本のゲラで調整していますか？

尾崎　はい。結構広く開けているところもありますね。

千早　前は気付かなかったんですけど、昨日読み返したら面白いなと思って。広い行アキにセリフだけポンとおいたり。

尾崎　詩みたいですよね。

千早　でも悪態シーンだけは、ぎゃーっと一気に書いてあるから。

尾崎　そこは急にスイッチが入ります。

千早　それがいいんですよね。行アキのあんばい、これはこのときじゃないとできないと思います。整えてしまったらもったいない。

尾崎　そこは直さないようにします。でも、とにかく書けない苦しさは一番感じました。そもそも行のアキも、分量が少なくてそれを何とか膨らませたい気持ちが影響していたんだと思います。二十枚を目指しているのに、いつも大体十一枚ぐらいまでしか書けなくて。

千早　そうでしたね。今、何枚？　みたいな。

尾崎　何枚って考えていたというのが、そもそもおかしいんですよね。小説を書くのに、その感覚はやばいんです（笑）。目的がまず枚数になっていたので。それが今やっと、あと何枚だとは思うけれど、まだこれぐらい書けるという気持ちになってきました。今はとにかく一文字でも多く書きたいです。だから、今だったら全然行けると思います。もう一回、この状態で『犬も食わない』を書く頃に戻ったらどうなのかなという気持ちもある。千早さんはあのときのままで、自分だけ戻りたい。

千早 え、そうなんですか？ 私だって、ちょっとは成長したと思いますよ。

尾崎 いえ、だからこそ、千早さんも一緒に戻ると変わらなくなるので、自分だけ（笑）。

千早 尾崎さんの連載中の成長もすごかったですし、戻って書き直しても同じくらいいじゃないですか。

尾崎 そんなことはないです、絶対。

千早 たとえば「間奏」は完全に尾崎さんのほうが良かったです。

尾崎 どんな感じでしたか？

千早 大輔と福が同棲《どうせい》することになった経緯とかですね。連載で書かなかった日常の一場面を単行本で掌編にして入れたんですけど、大輔がかわいいんですよね。尾崎さんの筆に余裕も感じます。

尾崎 そういうところは、やりやすいんですよね。いくらでもやれるのに、大事なところで行けないんです。

千早 でもこの作品は細部が多い小説で、逆に主筋があまりないとも言えますよね。

尾崎 確かに。だから、単行本の帯で「究極の恋愛小説！」とあるけれど、本当はそういう小説じゃないんですよね（笑）。

千早 そうですね。「全国書店で続々第1位！」も、いいの？ っていう感じで

（笑）。大多数から絶賛されるものを書いているつもりがないから。でも尾崎さん本当にすごくよかったですし、読んでいて楽しかったです。

尾崎　ちゃんとゲラで読みます（笑）。

笑ってはいけなかった写メラ事件

千早　あの頃はまだ、尾崎さんが二〇一六年に初小説の『祐介《ゆうすけ》』を刊行されたばかりでしたね。それをきっかけに対談をさせてもらって、その二ヶ月後に「共作をやりませんか」と私がお声がけしたんですよね。

尾崎　そうでしたね。この『犬も食わない』以降はだいぶ書きました。

千早　尾崎さん、二〇二一年は『母影《おもかげ》』で芥川賞候補にもなられましたし。どうでしたか、この四年間は。

尾崎　そうですね、ずっと書いていました。最初の小説は頑張ればどうにか書けると思うんですけど、次の『犬も食わない』で本当に苦労したんですよね。特に第一、二、三回くらいまでは。

千早　でも、第三回の「体温計」は感想を見ていても人気のある回でしたし、クリープハイプっぽいラストもまたいいですよね。「サウジアラビア」の歌詞にも「口の中が熱かった」というのがあります。私もクリープハイプの歌詞を至る所に入れていました。

尾崎　最後の第六回は「傷つける」ですよね。

千早　そうですね。その第六回は尾崎さんの原稿がすごく良くて、私がラストを書き換えたりもしました。後半は尾崎さん迷いなく書かれていましたよね。

尾崎　それは、最初はやっぱり駄目だったっていうことじゃないですか（笑）。

千早　いいえ、最初は書いている途中で、何回もご連絡があったのが、後半は何も。

尾崎　そうでしたね。

千早　最初の頃には「ポメラ事件」もありましたね（笑）。

尾崎　そうだ、ポメラ事件！　あれは申し訳なかったです（笑）。

千早　当時、尾崎さんは持ち運びしやすいデジタルメモ機のポメラを使っていて、「途中まで書けたので、読んでもらえますか」と連絡が来たんです。でも、「ポメラからメールを送れない」と言われて。私もわからないし、どうしようと困って。夜だったのでマネージャーさんも呼べないし。それで尾崎さん、ポメラの画面をスマホのカメラで撮って。写メが七枚届きました。

尾崎　もうポメラじゃなくて写メラだ。

千早　写メラ（笑）。拡大して読みました。

尾崎　本当に申し訳ないです。最悪です。しかも、液晶画面だから文字が滲《にじ》んじゃうんですよね。チカチカしちゃって。

千早　見てすごく笑いました。でも、尾崎さんが真剣だったので、ＬＩＮＥで「（笑）」とか書けない。真面目《まじめ》に「ありがとうございます、読めます」って返しましたね（笑）。

尾崎　申し訳ないことをしました。これはもう写メラ事件ですね。

千早　写メラ事件（笑）。

尾崎　今はもうほとんどスマホでやっています。

メンバーからの「江ノ島」

千早　『犬も食わない』では苦労の思い出が強いんですね。

尾崎　はい。でも、あのときにこの作品をやっていなかったら、今みたいに小説を書き続けていなかったかもしれないですね。

千早　そうですか。嬉しいです。

尾崎　バンドの活動としても結構しんどい時期で、そのタイミングでできたのがかなり大きかったと思います。

千早　どうして受けてくださったんですか。

尾崎　やっぱり、面白いものになりそうだと思ったからです。

千早　尾崎さんは執筆活動的には純文学に寄っているじゃないですか。

尾崎　そうですね。でも、当時はそこまで考えていなかったです。そもそも、その頃はまだ文芸誌にも作品を発表できていなかったので。

千早　そうか、私は良いときに頼んだんですね。

尾崎　とにかく何か書かせてもらいたい

という気持ちでした。恥ずかしながら、プロの方と一緒に書くのがすごいことなんだというのは、やりながらようやく感じたんです。あとはもともと千早さんがバンドのファンでいてくださって、そういう始まりだったので、そこはちょっと特殊ですよね。

千早　えっ、特殊ですか。

尾崎　後から現実を見ていったという感じです。やっぱり、プロとはレベルが違い過ぎると。当たり前なんですけど。

千早　焦《あせ》りました。ファンと仕事はしないほうがいいという話かと（笑）。

尾崎　ちがいますよ。それで、たとえばバンドマンが書いたというだけで、多少の注目はされるじゃないですか。それが最近、全くそういう感じでは見られなくなりました。良くも悪くも。そうなるまで書けたのは、苦労しながらも書き続けてきたからだと思います。一番しんどい時期で、ちゃんと書きたいのに「なめられてるな」という気持ちもあったし、でもそこに自分の実力が追い付いていないのも感じながらやっていたので。本当にあのときに書けて良かったです。もし『犬も食わない』をやっていなかったら、たまにエッセイを書いたりして、何となくそれで満足して終わっていたかもしれません。

千早　小説の態勢はやっぱり違いますか。

尾崎　違いますね。

千早　小説のほうが大変ですか。

尾崎　はい。あとは、大輔のキャラクターを変な設定にしたので（笑）。今だったらこんな感じで書かないはずです。やっぱりひねくれ過ぎているなと思います。

千早　でも、読み返すと面白いですよ。

尾崎　とがり過ぎですよね。

千早　毎回、新鮮にびっくりしました。

尾崎　やっぱり、何かしないと勝てないと思ったんです。普通に書いても勝負できないので、もうとにかく千早さんを場外に引きずり出そうとしていました。物語の後半も、「変」なことをしなきゃいけないと思って。そしたら、周りの人まで変になっていきました（笑）。

千早　「他弁《ほかべん》」とか、大輔の弟とかですよね。

尾崎　そうです。

千早　そういえば、読み直しのときに、第五回の大輔編の「江ノ島」だけ、タイトルを見ても何のことか思いだせなかったです。

尾崎　江ノ島？

千早　やっぱり思いだせませんか。他弁がなくす江ノ島のキーホルダーです。

尾崎　思い出しました。あれですね。江ノ島のキーホルダーは、ドラムの（小泉）拓さんがお土産に買ってきてくれたんですよ。メンバーに。

千早　なんでそんな。かわいいですね。

尾崎　メンバー内で、お互いどこかに行くと毎回お土産を買ってくるという習慣があって。

千早　東京の人に江ノ島のキーホルダーを、拓さんが。

尾崎　スタジオで何かくれそうな雰囲気を出してるなと思ったら、紙袋に入った昔ながらの「江ノ島」と書かれたキーホルダーで。「ちょっとこれ行ってきた」と言って。

千早　そのセレクトがかわいくないですか。

尾崎　やっぱりちょっと外すのがポイントなんじゃないですか。ふざけてないけれど、本気は出していないという感じ。今思うと、いいな。書いてよかったですね。

千早　ギターの小川幸慈《ゆきちか》さんも実は登場していますもんね。

尾崎　第四回の扉後の見開き写真に。ツアー中にホテルの部屋で撮った小川君の足ですね。

千早　いい写真でした（笑）。

『犬も食わない』は恋愛小説か

千早　他弁もいいキャラクターでしたが、やっぱり大輔の行動が謎《なぞ》過ぎて、読み返していてもすごく面白いですよね。予想がつかないですね。第四回の「テトリスJr.」での奇行とか。「なんで隠れてるの？」と、物語を知っていても、びっくりします。

尾崎　クローゼットに隠れているところは、『月光の囁《ささや》き』という映画が好きで、そこから考えました。

千早　懐《なつ》かしい。私も好きです。

尾崎　押し入れにわざと男を隠れさせて、彼女が他の男といるところを見せるという。

千早　女の子は最初はもっと普通に恋愛したいのに……という感じだったのに変わっていくんですよね。変なのに、どこか純愛で。でも、尾崎さんは公開当時かなり若いですよね。なぜ見たんですか？

尾崎　知人に薦められてビデオで見ました。もともと、映画も恋愛漫画も、そういう変なのが好きで。

千早　なるほど。この『犬も食わない』も、変といえば変ですよね。あ、恋愛小説と捉《とら》えていいのでしょうか。

尾崎　どうなんでしょう。でもさっきも言いましたけれど、単行本の帯に「究極の」って書いてありますからね。

千早　究極ではないですよね（笑）。

尾崎　この本の感想で、「読んでてイライラする」というのが結構あるんですけど、人の恋愛って、そもそもイライラするものですよね。

千早　そうですね。

尾崎　人の恋愛で「いいな」と思うものなんて嘘《うそ》っぽい。それを見るたびに、読書メーターに語りかけていました（笑）。

千早　尾崎さんは、恋愛小説はあまり書きたがらないじゃないですか。

尾崎　そうですね。でも、今ちょうど「スピン」という媒体で書き始めました。ちょっとずつ、『犬も食わない』と同じぐらいの分量です。
千早　楽しみです。それこそこの四年間で恋愛小説についてどういうふうに感覚が変わったのかなと。もともと割と恋愛漫画は好きですよね。魚喃《ななな》キリコさんも好きですし。表紙と中扉に絵を使わせてもらえることになって嬉しいです。
尾崎　本当に嬉しいですね。最高です。ああいう作品が大好きなんです。自分で作る曲も恋愛の曲が多いので。
千早　でも、あまり小説ではやらない印象でした。
尾崎　以前はそうでしたね。今書いているのは変な話なんですけど、それでもようやくやれるようになりました。自分の中で気分が変わったというのはありますね。
千早　やっぱり筆力というか、何かが必要だったんですかね、恋愛ものを書くのに。
尾崎　書かなかったのは、すでに音楽でやっているというのが大きかったですね。
千早　なるほど。
尾崎　小説でやる必要があるのかと、ずっと迷っていて。だからこの『犬も食わない』も、「恋愛小説」という枠があったから、逆にそこから外れようとして、こういう形になったんだと思います。自分の中で、何とかそこから離れながら、でも完全に外れるのではなく、いかにずらしていくかが大事でした。
千早　ズレですね。ズレは結構、意識されて書いているのを感じます。

尾崎　そこはこだわっています。でもやっぱり、千早さんが反対側にいることで、どんなにずれても結局離れることはないという安心感がありましたね。

千早　私は『あとかた』で島清《しませ》恋愛文学賞もいただきましたが、個人的には恋愛を書いているつもりはないんです。この『犬も食わない』の後に書いた『神様の暇つぶし』が、いまのところ私の唯一《ゆいいつ》の恋愛小説だと思っています。先ほど尾崎さんが「人の恋愛はイライラする」と仰《おっしゃ》ったとおり、すごく醜いし不格好じゃないですか。そういうのが私にとっての恋愛小説で。『神様の暇つぶし』は他人の恋愛は気持ちが悪いものだという、それがテーマのひとつになっています。そんなふうに、自分の中で恋愛小説の柱みたいなものができた感覚はあります。

尾崎　『犬も食わない』を書いたことによってですか。

千早　はい。こういう面なら書いてもいいなと。あまり、「世界の中心で」系がしっくりこないので……。

尾崎　そうですね。もうちょっとで死んでしまうとか、記憶がだんだんなくなっていったり、何回でもタイムリープしたりするやつですよね。

千早　そうです。何回でも戻ってきたり、何回でも巡り合ったり（笑）。ただ、この四年の間に四十代になってまるくなってきたのもあって、普通にかわいい恋愛も書こうかという気にもなってきました。

恋愛小説に入る邪念

尾崎　読むものも変わってきましたか？

千早　ここのところ、読むものは資料ばかりでした。

尾崎　歴史の資料ですか。

千早　はい、『しろがねの葉』という戦国末期から江戸初期の石見《いわみ》銀山を舞台にした作品を書いていたので。大変でした。

尾崎　それはやっぱり事実関係が大変なんですか？

千早　資料が少ないのもありますね。歴史や地理だけじゃなくて、現代の植物と戦国時代にある植物では違うだろうと気になったりして。そしたら、調べることが膨大になっていきました。尾崎さんはどうですか。

尾崎　相変わらず、文芸誌に載っている純文学作品ばっかりです。あと短歌は前より読む機会が増えましたね。

千早　詞を書く人ですもんね。

尾崎　でも、リズムが全く違います。

千早　へえ。

尾崎　自分の中で、短歌のリズムは音楽には混ざらないんですよね。だからこそ惹《ひ》かれるのかもしれません。

千早　音楽には乗せられないってことですか。

尾崎　乗せられないし、歌詞を書いている人は、逆に作れないいんじゃないかと思います。

千早　そうなんですか。

尾崎　短歌を書こうとは思わないからこそ、自分が書く必要のない言葉を読んで、その隙間《すきま》を埋めている。短歌としていいと思ったものは、「自分は書かなくてもいい」と思えるものです。

千早　興味深いやり方ですね。

尾崎　ただ最近は、短歌だけじゃなくて、小説、エッセイ、新聞など、いいと思ったものをメモして記録するようになりました。

千早　どう感じたかは書かないのですか。

尾崎　はい、ただスマホに打ち込みます。一回、自分を通して入れる。全体としては好きじゃないのに、メモしなくてはと思う好きな言葉が出てくる作品もたまにあって、そのときが一番悔しいんです（笑）。

千早　全体としては好きじゃないのに。

尾崎　一回一回止めて入力します。逆にすごく好きなのに、全くメモしない作品もあるんです。

千早　面白いですね。

尾崎　自分の作品を書くときに参考になる可能性があるものが、必ずしも好きなものじゃないというのは、面白いですね。最近、そういう見方をするようにしました。

千早　それは豊かな読み方ですよね。資料を読んでいると、役に立つものしか拾わなくなるので。前に、私の大好きな担当さんが編集者を辞めたんですけど、辞めるときに、「これで何の邪念もなく本が読める」と言っていました。

尾崎　実際にそう読めたんでしょうか。

千早　はい、「それが嬉しい」と。その気持ちはすごく分かりますね。書いているときは純粋に読めていないときが多いです。

尾崎　音楽に関しては自分もそうですね。

千早　楽しく聞けないですか？

尾崎　はい。やっぱりそれはありますよね。

千早　そうですね。

尾崎　そう考えたら、恋愛って何なんでしょう。みんなするじゃないですか。普通に。例えば音楽をやっていたり、編集者をやっていたりすると、作品にあたるときに邪念がある。でも、恋愛をしている人は、恋愛小説を書くときに邪念があるんでしょうか？

千早　ないんじゃないでしょうか。

尾崎　ないかぁ。

千早　私は恋愛が苦手で、できたらしたくないなと思って生きてきたんですが、めちゃくちゃ恋愛している女性の作家や編集者から、「もうちょっと恋愛しなよ」とすごく言われてたんですよ。それで面倒臭くなって「じゃあ、恋愛小説書きますよ」と、『神様の暇つぶし』を書きました。恋愛しない人間でも、これだけドロドロの恋心を書けるということを示したかった。それも邪念なのかな。

尾崎　ある種そうなのかもしれないですね。

千早　書き手がやってなくても、殺人ものの小説はたくさんあるじゃないですか。恋愛にだけやたらうるさいですよね。『男ともだち』のときも、セックスしていない女性に腕枕《うでまくら》はしないとか、こんな関係あり得ないとか言われました。

尾崎　恋愛には言いますよね。

千早　そこは不思議です。

尾崎　読書目線ですね。

千早　邪念か。

尾崎　そういう意味では、『犬も食わない』は「あり得ない」ほうの恋愛小説ですか？

千早　いや、結構「ある」らしいです。特に女性の「こういういら立ちとかあるよね」という感想を見かけます。

尾崎　確かに。

千早　だって付き合っていたって、二十四時間好きなわけないじゃないですか。

尾崎　そうか、そこは共感されるのか。「けんか小説」をやりたくて書いていたけれど、そうやってけんかをしていれば、「こんな恋愛はない」という批判はされないじゃないですか。ばからしいって思う人はいるだろうけど。でもそれは、タイトルの〝犬も食わない〟で最初から回収しているし、大丈夫だろうという気持ちですね。

千早　そうですね。

恋愛と、自分と一番近い他人

千早　ただ、私は恋愛をしてるときのほうが書けない気がするんです。『犬も食わない』は恋愛を全然していなかった頃に書いていて。今は恋人ができて恋愛をしているので、読み直すと、ああ〜ってなりますね。ちょっと嫌な気持ちになります……。

尾崎　それはどういうことですか。

千早　恋愛をしているときにでてくる自分の中の嫌な部分とか、損得で考える気持ちとか、そういうのが描かれているので、自分のことのように恥ずかしくなるんです。

尾崎　書き過ぎちゃったというか、書いちゃったという気持ちですか？

千早　書いているときは自分は消えているので、恋愛していないときとしているときでは、読んだ感じ方が違うんだと気づきましたね。尾崎さんの大輔編にも、こういう感覚確かにわかる、というのがありました。

尾崎　男性側の感覚ですか？

千早　性別はあまり関係なくて。他人の体に触れることについて、「あまりにも触れることに慣れて」、触れているんだか触れていないんだかわからないという描写が、わかる、わかると思いましたね。確かに同棲して長時間一緒にいたら、他者の体と思えなくなったり、緊張も欲情もないという状態になる。そういう感覚が肌で理解できるんですよ。

尾崎　なるほど。でも自分の場合は、恋愛中で、実際にその感覚があるから書けたというわけではないんです。

千早　そうなんですね。

尾崎　歌詞もそうなんですけど、自分の感覚とか、自分の体験をもとにすることはほとんどないです。

千早　人によるんですかね。

尾崎　この大輔の感覚は、自分にはあまりないんですよ。ちょっと遊びながらやっているというか。大輔もっと行け、という感じで。自分の中の欲望や、やってみたかったことを、どうせだったら大輔に託そうという感覚はありましたね。

千早　確かに大輔は尾崎さんとは違いますもんね。すごく無口ですし。

尾崎　そうですね。ちょっと自分の弟をモデルにしているところもあるんです。職業も。

千早　そうでしたね。弟さん、無口なんですか。

尾崎　無口ですね。弟は子どもの頃からそうでした。

千早　尾崎さんはやっぱり、感情とか感覚とか、言葉にしますもんね。

尾崎　そうですね。思ったことを言ってしまいます。

千早　弟さんはキレることもないですか？

尾崎　ないと思います。でも、すぐにふてくされるんです（笑）。そういうところも大輔のモデルにしていますね。

千早　最初、弟さんのお写真も見せてもらいましたね。ワイルドな方でした。尾崎さんのほうが弟に見えるような。

尾崎　よく言われます。体も自分のほうが小さいので。弟という存在も、子どもの頃からずっといるし、さっき千早さんが言っていた、ずっと触れていると触れているんだかいないんだか分からなくなるというような感覚は、そこに対してもあるかもしれないです。

千早　当たり前になっちゃったという。

尾崎　自分の感覚でもあるというか。知っているような気もする。知らないからこそ、知っている気になれる。大輔を書いているときは、割とそういう感覚で書いていたと思います。

他人を書くための言語

千早　尾崎さんが昔の自分をモデルにしたのは『祐介』ですね。

尾崎　そうですね。

千早　『母影』は、もう全く引き離しましたよね。

尾崎　はい。でも、最近はまた音楽のことを書いているので、すごく書きやすいです。やっぱり「他人」を書くのと「自分」を書くのとでは、使う言語が違うんですね。

千早　なるほど。

尾崎　『祐介』の文庫化のときに書き下ろした「字慰」も、『母影』もそうですが、「他人」を書くときは、まず基本的に言葉がないんですよね。この『犬も食わない』もそうですけど、何を書いたらいいか分からない。まだ日本語が分からないときに、ご飯を食べる前に「いただきます」って言うんだと思うみたいに、そうやって言葉を習得しながら書いていた感じです。でも音楽のことを書くときは、そういうことを勉強せずに書ける。

千早　それは、音楽のことを知らない人でも読めるように書くんですか。

尾崎　あえてそこに気を遣わずに書いているんですけど、途中までのものを一度担当編集の方に読んでもらったら、「業界のことが分からないのに、自分のこととして読める」と言ってもらえて。

千早　そうなんですね。読むのが楽しみです。それは先ほどの恋愛の作品ですか。

尾崎　これはずっと執筆中の別の作品で、バンドマンが自分のチケットを転売させるという変な話です。

千早　あんまり自分の身近なものを書きたくないわけじゃないんですね。

尾崎　最近はそうなってきましたね。

千早　柔らかくなった感じですか。

尾崎　やっぱり『母影』を書けたことが大きいですね。

千早　確かに『母影』のように違う世界を一度しっかりつくれたら、いろんなことができるようになりますよね。

尾崎　そうですね。それをやらないと、次に行けないと思ったので。そういう意味では、千早さんが、自分に近い、自分が知っていることを書くというのは、どういうことでしょうか。

千早　あんまりないですが、食欲ぐらいでしょうか。

尾崎　食べ物を題材にした作品は、結構多いですよね。

千早　エッセイはほぼ食がらみですね。小説を書くときは自分自身は消えていて、無になっています。でも食べることが好きだから、食べ物描写に筆が乗っちゃうんですよね。だから感想を読んでいると、「食べ物がおいしそう」って書かれていて、うーんってなりますね。

尾崎　そこは気になるんですか。

千早　嫌ではないんですが、登場人物たちには私が普段、食べないものも食べさせているんですね。『犬も食わない』だったら、福のコンビニ弁当とか。尾崎さんにコンビニ弁当のことを聞きましたよね。「いちごミルク」回で福が弁当を床に落とした描写で、「千早さん、コンビニ弁当のソースは小袋に入っているので飛び散らないですよ」と指摘されたじゃないですか。一応主人公の金銭感覚とか、その生活環境に合った食べ物を選んでいるんですけど。それでも、私自身の「食いしん坊」と重ねられてしまうのは、あまり良くないかなと思います。

尾崎　なるほど。

千早　食に興味がない人っているじゃないですか。尾崎さんもエッセイには食の描写がほぼないですよね。一緒に食べていた人とか店内のむかつく客とか、そっちの描写がメインで。

尾崎 ついそこに意識が行っちゃうんですよね。

千早 食べ物の細部とかそういうものを全然書かないから、食に興味がない描写ってこうなんだっていう。

尾崎 そもそも、興味がないとすら思っていないんです。

千早 そうなんです。だから私は書くと、「興味がある人が、ないふりをしている」描写になっちゃって。これは駄目だと。その自然さはなかなか難しいですね。

尾崎 どうなんでしょう。でも、興味がないわけでもなくて、他の要素に飲み込まれてしまうだけなのかもしれません。

千早 「体温計」で出てきた串《くし》揚げの描写も、揚げてしまえば何を頼んでも味は一緒といったものがありました。私からしたらそんなわけないじゃんと（笑）。

尾崎 それは本当に思っていますね。でも、串揚げはおいしく食べてるんですよ。食べ終わった後、そういう思考になるんです。これうまいなと思って食べているけれど、その気持ちを持って帰れない。その場かぎりで。

千早 うまい、終わり。

尾崎 そう。消化しちゃうんです。だからそこが違うんだと思います。例えば、何日も前からこれを予約しようとか、前日からこれを食べたいというのはあまりない。今目の前にある一番いいものを食べるというか。

千早　なるほど、そこから違うんですね。何を食べたかとか、誰と何を食べに行くかが、私の中ですごく大事なので。だから本当に大輔の串揚げの話は衝撃でした（笑）。

得をしない小説を書く

千早　改めて、恋愛って損だなと思います。損得で考えたら絶対に収支が合わない。自分の一番見たくない自分を、一番好きな人の前で出してしまう。良くないってわかっているのにやめられず自分をコントロールできなくなる。例えば、相手に文句を言ったり喧嘩《けんか》腰な態度を示しても、関係的には良くならない上に、心証も悪いからやめておいたほうがいいとわかっているのに、その一秒後にやってるっていうことがあります。

尾崎　でも、自分はそれを恋愛のとき以外にもやってしまいますね（笑）。

千早　そうですよね。ちゃぶ台返し的な（笑）。

尾崎　やってしまいます。

千早　私は恋愛以外ではやらないので。やっぱりそういう自分を見るのが嫌になりますね。

尾崎　『犬も食わない』は、恋人同士の隠している本音が見られるというのもありますが、むしろ見られたからといって、別に得はないところがいいんですよね。

千早　全然、ないですね。むしろ見たくないくらいで。

尾崎　だから、逆にそれを面白く読める。

千早　はい。感想でもありましたが、読んだら安心してくれる人もいるんでしょうね。世の中、きれいな恋愛ばっかりじゃないんだ、良かったって。

尾崎　そうですね。あと、「何の意味もない内容だ」というような感想もありましたけど、それを書いてるのに、と思っています。

千早　意味ないことを書いている。

尾崎　そうです。読書でどれだけ得をしたいんだろうって思います。すごく強欲ですよね。

千早　強欲（笑）。

尾崎　何でもかんでも、プラスになるものしか得たくない人がいるじゃないですか。でもそうじゃなくて、『犬も食わない』はやっぱり、何でもない普通の生活を大切に思える人に読んでもらえたらいいですよね。そういう作品を今後も書きたいです。

千早　そうですね。尾崎さん、今後もずっと書き続けてくださいね。私も頑張って生き残るので、おじいちゃんとおばあちゃんになった頃も文芸の世界で顔を合わせましょう。

尾崎　そうですね。おじいちゃんになっても、得をしない小説を書きたいです。

（令和四年八月、新潮社クラブにて）

この作品は平成三十年十月新潮社より刊行された。

尾崎世界観著

母《おも》影《かげ》

母は何か「変」なことをしている――。マッサージ店のカーテン越しに少女が見つめる、母の秘密と世界の歪《いびつ》。鮮烈な芥川賞候補作。

千早茜著

あとかた

島清恋愛文学賞受賞

男は、どれほどの孤独に蝕まれていたのだろう。そして、わたしは――。鏤《ちりば》められた昏い影の欠片が温かな光を放つ、恋愛連作短編集。

千早茜著

クローゼット

男性恐怖症の洋服補修士の纏子、男だけど女性服が好きなデパート店員の芳。服飾美術館を舞台に、洋服と、心の傷みに寄り添う物語。

彩瀬まる著

あのひとは蜘蛛を潰せない

28歳。恋をし、実家を出た。母の〝正しさ〟からも、離れたい。「かわいそう」を抱えて生きる人々の、狡さも弱さも余さず描く物語。

彩瀬まる著

朝が来るまでそばにいる

「ごめんなさい。また生まれてきます」――生も死も、夢も現も飛び越えて、すべての傷みを光で包み、こころを救う物語。

彩瀬まる著

草原のサーカス

データ捏造に加担した製薬会社勤務の姉、仕事仲間に激しく依存するアクセサリー作家の妹。世間を揺るがした姉妹の、転落後の人生。

一木けい著
1ミリの後悔もない、はずがない
R－18文学賞読者賞受賞

誰にも言えない絶望を生きられたのは、桐原との日々があったから――。忘れられない恋が閃光のように突き抜ける、究極の恋愛小説。

江國香織著
きらきらひかる

二人は全てを許し合って結婚した、筈だった……。妻はアル中、夫はホモ。セックスレスの奇妙な新婚夫婦を軸に描く、素敵な愛の物語。

江國香織著
ぬるい眠り

恋人と別れた痛手に押し潰されそうだった。大学の夏休み、雛子は終わった恋を埋葬した。表題作など全9編を収録した文庫オリジナル。

小川洋子著
博士の愛した数式
本屋大賞・読売文学賞受賞

80分しか記憶が続かない数学者と、家政婦とその息子――第1回本屋大賞に輝く、あまりに切なく暖かい奇跡の物語。待望の文庫化！

小川洋子著
いつも彼らはどこかに

競走馬に帯同する馬、そっと撫でられるブロンズ製の犬。動物も人も、自分の役割を生きている。「彼ら」の温もりが包む8つの物語。

川上弘美著
ニシノユキヒコの恋と冒険

姿よしセックスよし、女性には優しくこまめ。なのに必ず去られる。真実の愛を求めさまよった男ニシノのおかしくも切ないその人生。

川上弘美著
ぼくの死体をよろしくたのむ
うしろ姿が美しい男への恋、小さな人を救うため猫と死闘する銀座午後二時。大切な誰かを思う熱情が心に染み渡る、十八篇の物語。

角田光代著
くまちゃん
この人は私の人生を変えてくれる？ ふる／ふられるでつながった男女の輪に、恋の理想と現実を描く共感度満点の「ふられ小説」。

角田光代著
平凡
結婚、仕事、不意の事故。あのとき違う道を選んでいたら……。人生の「もし」を夢想する人々を愛情込めてみつめる六つの物語。

金原ひとみ著
マザーズ
ドゥマゴ文学賞受賞
同じ保育園に子どもを預ける三人の女たち。追い詰められる子育て、夫とのセックス、将来への不安……女性性の混沌に迫る話題作。

金原ひとみ著
軽薄
私は甥と寝ている——。家庭を持つ29歳のカナと、未成年の甥・弘斗。二人を繋いでしまった、それぞれの罪と罰。究極の恋愛小説。

窪　美澄著
ふがいない僕は空を見た
山本周五郎賞受賞・R-18文学賞大賞受賞
秘密のセックスに耽る主婦と高校生。暴かれた二人の関係は周囲の人々を揺さぶり——。生きることの痛みを丸ごと包み込む傑作小説。

窪 美澄著

トリニティ

織田作之助賞受賞

ライターの登紀子、イラストレーターの妙子、専業主婦の鈴子。三者三様の女たちの愛と苦悩、そして受けつがれる希望を描く長編小説。

桜木紫乃著

ふたりぐらし

四十歳の夫と、三十五歳の妻。将来の見えない生活を重ね、夫婦が夫婦になっていく――。夫と妻の視点を交互に綴る、連作短編集。

桜木紫乃著

緋の河

どうしてあたしは男の体で生まれたんだろう。自分らしく生きるため逆境で闘い続けた先駆者が放つ、人生の煌めき。心奮う傑作長編。

千早茜・遠藤彩見・田中兆子・神田茜・深沢潮・柚木麻子・町田そのこ著

あなたとなら食べてもいい

―食のある7つの風景―

秘密を抱えた二人の食卓。孤独な者同士が集う居酒屋。駄菓子が教える初恋の味。7人の作家達の競作に舌鼓を打つ絶品アンソロジー。

小池真理子・桐野夏生・江國香織・綿矢りさ・柚木麻子・川上弘美著

Yuming Tribute Stories

悔恨、恋慕、旅情、愛とも友情ともつかない感情と切なる願い――。ユーミンの名曲が6つの物語へ生まれ変わるトリビュート小説集。

島本理生著

大きな熊が来る前に、おやすみ。

彼との暮らしは、転覆するかも知れない船に乗っているかのよう――。恋をすることで知る心の闇を丁寧に描く、三つの恋愛小説。

津村記久子著

とにかくうちに帰ります

うちに帰りたい。切ないぐらいに、恋をするように。豪雨による帰宅困難者の心模様を描く表題作ほか、日々の共感にあふれた全六編。

津村記久子著

この世にたやすい仕事はない

芸術選奨新人賞受賞

前職で燃え尽きたわたしが見た、心震わすニッチでマニアックな仕事たち。すべての働く人の今を励ます、笑えて泣けるお仕事小説。

西加奈子著

窓の魚

私たちは堕ちていった。裸の体で、秘密の心を抱えて——男女4人が過ごす温泉宿での一夜と、ひとりの死。恋愛小説の新たな臨界点。

西加奈子著

白いしるし

好きすぎて、怖いくらいの恋に落ちた。でも彼は私だけのものにはならなくて……ひりつく記憶を引きずり出す、超全身恋愛小説。

原田マハ著

楽園のカンヴァス

山本周五郎賞受賞

ルソーの名画に酷似した一枚の絵。秘められた真実の究明に、二人の男女が挑む！　興奮と感動のアートミステリ。

原田マハ著

常設展示室

—Permanent Collection—

ピカソ、フェルメール、ラファエロ、ゴッホ、マティス、東山魁夷。実在する6枚の名画が人々を優しく照らす瞬間を描いた傑作短編集。

伊与原 新著

八月の銀の雪

科学の確かな事実が人を救う物語。二〇二一年本屋大賞ノミネート、直木賞候補、山本周五郎賞候補。本好きが支持してやまない傑作！

藤野可織著

爪と目

芥川賞受賞

ずっと見ていたの――三歳児の「わたし」が、父、喪った母、父の再婚相手をとりまく不穏な関係を語り、読み手を戦慄させる恐怖作。

町屋良平著

1R1分34秒

芥川賞受賞

敗戦続きのぽんこつボクサーが自分を見失いかけるも、ウメキチとの出会いで変わっていく。若者の葛藤と成長を描く圧巻の青春小説。

又吉直樹著

劇場

大阪から上京し、劇団を旗揚げした永田と、恋人の沙希。理想と現実の狭間で必死にもがく二人の、生涯忘れ得ぬ不器用な恋の物語。

宮下奈都著

遠くの声に耳を澄ませて

恋人との別れ、故郷への想い。瑞々しい感性と細やかな心理描写で注目される著者が描く、ポジティブな気持ちになれる12の物語。

村田沙耶香著

地球星人

あの日私たちは誓った。なにがあってもいきのびること――。芥川賞受賞作『コンビニ人間』を凌駕する驚愕をもたらす、衝撃的傑作。

犬《いぬ》も食《く》わない

新潮文庫　お－112－1

令和五年一月一日発行
令和六年十一月十日六刷

著者　尾《お》崎《ざき》世《せ》界《かい》観《かん》　千《ち》早《はや》茜《あかね》

発行者　佐藤隆信
発行所　株式会社 新潮社
郵便番号　一六二―八七一一
東京都新宿区矢来町七一
電話　編集部(〇三)三二六六―五四四〇
読者係(〇三)三二六六―五一一一
https://www.shinchosha.co.jp

組版/新潮社デジタル編集支援室
価格はカバーに表示してあります。
乱丁・落丁本は、ご面倒ですが小社読者係宛ご送付ください。送料小社負担にてお取替えいたします。

印刷・大日本印刷株式会社　製本・加藤製本株式会社

ISBN978-4-10-104451-4 C0193